Pequeños momentos breves

Igor Rodtem

Título de la obra: Pequeños momentos breves

© Igor Rodtem, 2011

Todos los relatos y microrrelatos incluidos en esta obra son propiedad de Igor Rodtem.

Email: rodtem@gmail.com

Blog: 'Lo innombrable y yo' http://rodtem.blogspot.com/

Dibujo de portada realizado por J. Ángel Ares

http://paterdixit.deviantart.com/

ISBN: 978-1-4478-0615-8

Publicado en Lulu, diciembre de 2011

http://www.lulu.com/

Índice

Prefacio

En esta obra recojo la mayor parte de los relatos y microrrelatos que he ido escribiendo en estos últimos años. En general, son de corte oscuro, terrorífico y a menudo entran en el mundo de lo fantástico. Son obras de ficción aunque, supongo, forman parte de mí mismo.

He de reconocer que la razón principal de editar este libro es el egoísmo. Una necesidad imperiosa de mi propio ego por tener publicado (aunque sea autoeditado) un libro con mis pequeñas obras (aún está por llegar el día en que comience a escribir mi primera novel.a...). No obstante, espero que disfrutes de su lectura tanto como yo al escribir cada historia.

Varios de los relatos incluidos en el libro ya han sido publicados previamente, por diferentes editoriales o entidades, merced a haber sido seleccionados en diversos certámenes de relatos (se menciona en cada caso).

Aunque no de forma intencionada, al menos al principio, el número total de relatos/microrrelatos recogidos en *Pequeños momentos breves* es de cuarenta y dos (42), es decir, la respuesta al sentido de la vida, el universo y todo lo demás... (según Douglas Adams en su *Guía del autoestpista galáctico*).

Tengo que agradecer por su infinita paciencia a Marien, que tiene que aguantar (y mucho) mis desvaríos literarios.

Gracias también a J. Ángel Ares por la magnífica portada que ha realizado, y que sirve como estupenda presentación del contenido de la obra.

Y gracias, por supuesto, a ti que te dispones a leer estas pequeñas historias.

Y ahora, sí, te dejo con ellas…

Igor Rodtem

http://rodtem.blogspot.com/

A la memoria de mi madre

LA ESCALERA DE UN MILLÓN DE ESCALONES

[Publicado en "Cryptonomikon # 4", de *Crytshow Festival*, como uno de los relatos finalistas de la 'IV Muestra Cryptshow Festival de Relato de Terror, Fantasía y Ciencia Ficción' (junio de 2011)]

Ahí estaba, ante él, la escalera de un millón de escalones, alzándose hacia el infinito firmamento, perdiéndose entre las blancas nubes. Quién sabía qué aguardaba al final de aquellos interminables escalones de dura y fría piedra. Grandes secretos, conocimientos inimaginables o incluso un tesoro perdido de inigualable riqueza. De todo se había dicho, y aún nadie había logrado llegar hasta allí. Muy pocos habían tenido las agallas suficientes para intentarlo, pero todos habían desistido en algún momento u otro. Pero ahí estaba él, dispuesto a intentarlo, con su mochila repleta de provisiones para una larga, larguísima travesía, convencido de que conseguiría llegar al final. Dio un primer paso titubeante pero, en cuanto su pie se posó en el firme y amplio primer peldaño, no dudó en continuar y, a buen ritmo, comenzó a subir escalón tras escalón.

Cinco años después, con las provisiones prácticamente agotadas y viéndose obligado a robar el agua del vapor de las nubes que le rodeaban, calculaba que aún apenas estaría a punto de alcanzar la mitad del trayecto. Las primeras dudas asomaban a su mente pero se resistía a que el cansancio, el hambre y la sed hicieran mella en su fuerza de voluntad. Se había propuesto superar ese reto y no cejaría jamás en su empeño, aunque le costara la vida. Sin embargo, no estaba preparado para lo que le ocurrió a continuación.

De repente, vio a una figura varios peldaños sobre él, en un lento y errático descenso. Cuando le alcanzó, observó que se trataba de un hombre envejecido y en pésimas condiciones físicas. Demacrado y prácticamente en los huesos, tiritaba y se convulsionaba mientras daba bandazos sin control en su lento descenso. Cada paso que daba para bajar un escalón parecía que le costara un esfuerzo sobrehumano. Vestía unos andrajosos harapos que apenas le cubrían parte de su huesudo cuerpo, y su rostro, quemado por el sol, apenas se vislumbraba entre la espesa mata de pelo y su poblada y desaliñada barba grisácea.

—¿Quién eres? —le preguntó al acercarse a él, aunque dudaba si podría responderle.

—¿No me reconoces? —preguntó a su vez el extraño, tras titubear unos instantes.

El recién aparecido apenas se sostenía en pie, pero le miraba fijamente a los ojos, como desafiándolo. Entonces le observó con más detenimiento y, con horror, comprendió quién era realmente.

—Sí —dijo el moribundo, otra vez con gran esfuerzo, aunque ya con voz firme—. Soy tú... Tú dentro de unos cuantos años...

—No puede ser. Es... imposible.

—Mírame. ¿Acaso no te reconoces en mi rostro envejecido?

Aun en contra de toda lógica, no había duda. A pesar de encontrarse demacrado, a pesar del brutal envejecimiento, esos ojos

11

cansados hasta la extenuación eran los suyos propios. Era él mismo, sin duda. Más viejo y marchito, pero él mismo al fin y al cabo.

—Pero... ¿cómo es posible? —le preguntó, sin poder salir de su asombro.

—La respuesta, claro, se encuentra al final de la escalera.

—Entonces... ¿has llegado al final? —le preguntó, rectificando al instante—. ¿Llegaré al final?

—Claro que sí —respondió el hombre, sosteniéndose apenas en pie—. Llegarás al final de la escalera, y comprenderás que todo el tiempo y el esfuerzo invertido en ello no habrá valido la pena. Y entonces regresarás.

—Pero me tienes que decir qué hay ahí arriba, qué hay al final del todo...

—No —le interrumpió—. Eso deberás verlo por ti mismo. Yo ahora debo continuar mi camino.

Y echó a andar escaleras abajo, trastabillando una vez más, y manteniendo el equilibrio de forma milagrosa.

—¡No! —gritó él, entonces—. ¡Me niego!

La inesperada y por supuesto increíble sorpresa de haberse encontrado consigo mismo —o al menos una versión futura de sí mismo— le había alterado, sin duda, y no se veía capaz de razonar con fluidez. Su fuerza de voluntad parecía haberse esfumado también. Ya no quería seguir ascendiendo por aquella maldita escalera interminable. Ya no le importaba descubrir qué se escondía al final de la misma, porque le asustaba lo que acababa de oír, y no deseaba regresar como ese viejo decrépito a punto de morir.

—No pienso continuar –exclamó, no muy claro si para sí mismo o para su versión del futuro–. Regreso ahora mismo.

El otro se detuvo entonces, y se giró lentamente, mirándole con ojos agotados.

—No puedes abandonar ahora –le replicó, con más cansancio que reproche–. Debes continuar.

—¿Y si no lo hago? ¿Y si me doy la vuelta ahora?

Comenzó a bajar los escalones que tanto le había costado subir unos minutos antes, y se puso nuevamente a la altura del otro, que volvía a hacer un esfuerzo sobrehumano para contestarle.

—Eso crearía una curiosa paradoja, ¿no crees?

—¿Qué pasaría contigo si decido no seguir subiendo? –le preguntó, desafiante.

—¿Y contigo? –fue la inesperada respuesta del otro–. ¿Qué pasaría contigo?

La duda y el pánico se entremezclaron entonces en su mente. Por un lado estaba su ansia, ahora no tan profunda, por descubrir lo que se encontraba al final de la escalera, pero acababa de conocer cuál sería su horroroso futuro y, obviamente, no le agradaba en absoluto. Y si decidía abandonarlo todo y regresar, era incapaz siquiera de imaginar las implicaciones que tendría dicha paradoja.

Entonces, por sorpresa, el hombre demacrado, la angustiosa versión de su oscuro futuro, se le echó encima con una inesperada rapidez, dado su maltrecho aspecto. Le agarró por el cuello y le empujó escaleras abajo, sin que pudiera reaccionar.

Cayó rodando varios metros, escalón tras escalón, magullándose, raspándose y cortándose la piel, y finalmente rompiéndose un par de costillas. Cuando terminó su forzoso descenso, le dolía todo el cuerpo y apenas podía pensar tan sólo en ponerse en pie.

—Ahora vas a ser buen chico —le dijo el otro, que volvía a tener un aspecto penoso y acabado—. Te vas a levantar, y vas a continuar tu camino sin mirar atrás.

Obedeció sin rechistar y se levantó, dolorido y ensangrentado. Cojeando, comenzó a subir de nuevo los peldaños. Subía lentamente, con dificultad, pero sin detenerse. Al pasar junto a su versión futura, ni siquiera le miró, por lo que no se percató de que éste estaba llorando. Siguió ascendiendo, ya sin la pasión que tuvo antaño por alcanzar el final, y el otro, su extenuada y demacrada versión del futuro, quiso pedirle perdón, pero no pudo. Al fin y al cabo, así recordaba que había ocurrido todo aquello.

EN BREVE ESTARÁN CON NOSOTROS

[Publicado en "100 Microrrelatos de Terror. Homenaje a Edgar Allan Poe", de *ArtGerust*, como uno de los microrrelatos semifinalistas del 'I Certamen de Microrrelato de Terror ArtGerust- Homenaje a Edgar Allan Poe' (enero de 2010)]

Teníamos que acabar con ellos y, poco a poco, lo fuimos consiguiendo. Al principio, nosotros éramos menos, apenas una pequeña amenaza incomprendida. Pero, al cabo de tan solo unas pocas semanas, ya les superábamos en una proporción de tal vez mil a uno. Únicamente quedaba un puñado de ellos. En cualquier momento, nuestra conquista sería total.

Nosotros éramos muy lentos, pero todo lo demás estaba a nuestro favor: éramos mucho mayor en número y teníamos todo el tiempo del mundo. Cada vez que caía uno de los nuestros, apenas lo notábamos y, además, no nos importaba en absoluto. Cada vez que caía uno de los suyos, el dolor les embargaba y, lo mejor de todo, cada vez que moría uno de ellos, significaba un nuevo miembro en nuestras filas. Zombies, nos llamaban. No sabían que pronto estarían con nosotros.

EL VETERANO DOCTOR, EL JOVEN ESTUDIANTE DE MEDICINA Y LA DAMA MUERTA

El cuerpo de policía al completo le agradeció al joven estudiante de medicina, no sin cierta envidia muy poco sana, que resolviera con tanta celeridad y precisión aquel misterioso caso que les traía por el camino de la amargura. Finalmente, tal y como demostró el joven, no hubo crimen alguno, como parecían indicar las múltiples pruebas halladas en el lugar de los hechos, sino una simple consecución de increíbles coincidencias, cuya explicación requería de amplios conocimientos médicos. Por lo tanto, el veterano doctor quedó finalmente en libertad, sin cargo alguno, y la desafortunada hija del director de banco pudo por fin descansar en paz.

Varias décadas más tarde se repitió un incidente similar, aunque ya nadie parecía recordar lo ocurrido tanto tiempo atrás. De nuevo, una joven dama fallecida en extrañas circunstancias, y un reputado doctor a punto de jubilarse, en el punto de mira de la policía, con todas las pruebas en su contra. Fue ya en la recta final del juicio, cuando ya nadie dudaba de que el sospechoso sería condenado, que apareció un joven estudiante de la facultad de medicina e hizo cambiar de opinión incluso al fiscal. Pudo demostrar, con suma claridad y eficiencia, que el acusado doctor era inocente de todo cargo, y que la muerte de la desafortunada joven tan sólo era el triste resultado de una serie de fatídicas calamidades. Sus amplios conocimientos de medicina y su extraordinaria capacidad de deducción mostraron, sin dejar opción a la duda, que el supuesto crimen era tan sólo un terrible accidente. Nadie reparó en la increíble similitud de este caso con el ocurrido varias décadas atrás. Y nadie reparó en el hecho, casual o no, de que el veterano doctor acusado de asesinato en el reciente caso, fue el joven estudiante que tan brillantemente solucionó el antiguo suceso.

Una vez aclarado todo el asunto, el doctor tuvo la oportunidad de hablar con su joven salvador y de agradecerle su oportuna intervención.

— Pensarás en todo este asunto—le dijo—, durante toda tu vida. Aunque ahora tus ideas están claras, dentro de un tiempo te preguntarás si quizás cometiste un error, y tus dudas irán creciendo con los años. Le darás vueltas y más vueltas, hasta que un día, cuando seas ya tan viejo como yo, comprenderás la verdad, la auténtica verdad, y en ese momento harás lo que tienes que hacer. Entonces esperarás a que aparezca tu sucesor, quien se encargará de continuar tu trabajo, como tú continuarás el mío, al igual que he hecho yo con mi antecesor.

EL MAESTRO RELOJERO

[Publicado en "Dios muere, Dios nace", de *Ediciones Fergutson*, como uno de los microrrelatos semifinalistas del 'Certamen de Cuentos de Terror Fergutson' (octubre de 2009)]

Llegué con cierto retraso a la casa del Maestro Relojero. Qué inoportuno por mi parte. Llamé al timbre con bastante nerviosismo, preparándome para pedir disculpas, aunque me quedé sin habla cuando la puerta se abrió. Frente a mí, un tipo alto y sombrío negaba lenta y desaprobadoramente con la cabeza, y chasqueaba la lengua, mientras observaba con cierto disgusto un viejo reloj de bolsillo. Levantó ligeramente la mirada y me hizo un gesto para que entrara en la casa. Fue entonces cuando me di cuenta de que se trataba del mayordomo. Y fue entonces cuando me di cuenta también de que nunca había visto antes al Maestro Relojero. Conocía su obra, su fama, su talento... pero no conocía su rostro.

El mayordomo me hizo pasar a un amplio salón, iluminado con una claridad cegadora, aunque cuando mi vista se acostumbró, pude comprobar que la estancia estaba sobrecogedoramente recargada de relojes de pared. Relojes a lo largo de las cuatro paredes, unos sobre otros apenas sin dejar espacio entre ellos, y de todas las formas y tamaños imaginables. Y, por lo que pude observar, todos y absolutamente todos marcando exactamente la misma hora, cantando al unísono cada segundo, perfecta y escalofriantemente sincronizados. Ese retumbar constante y exacto de cada segundo martilleaba mis oídos como una punzante aguja y

18

recorría mi médula espinal de arriba abajo, una vez tras otra, con un ritmo machacón e imparable. Una dolorosa migraña comenzó a nacer en la base de mi frente, extendiéndose poco a poco hacia las sienes, avanzando con cada latido de los múltiples relojes. Simultáneamente, mi mente comenzó también a evadirse, brincando con cada inexorable golpeteo de los infinitos y sincronizados segunderos. Sin embargo, todo se detuvo —diría que incluso el mismísimo tiempo—, cuando el Maestro Relojero entró en el salón.

De nuevo, me quedé sin habla. El Maestro Relojero parecía un tipo normal, pero había algo en él que ponía los pelos de punta. Avanzó dando unos pasos que parecían perfectamente medidos y, relajadamente, tomó asiento frente a mí. Muy, muy lentamente. Creo que lo hizo para ponerme nervioso, aunque la verdad es que ya hacía rato que había superado mi umbral de nerviosismo. En realidad, hasta que no estuvo sentado, no pude fijarme con exactitud en él. Como ya dije antes, parecía un tipo normal, ni más alto ni más bajo que tú o yo, pero tenía algo, tal vez un aura de... ¿malignidad? que ponía de los nervios, como poco. Curiosamente, cuando entró en el salón me pareció que lucía una enorme melena de pelo negro, pero una vez que le vi sentado comprobé que lucía un cabello extremadamente corto, casi rapado, y repleto de canas por doquier. Aparentaría unos sesenta años, pero algo me decía que su edad real superaba de largo esa cifra. Un enorme mostacho se imponía en medio de un rostro que mostraba inteligencia y curiosidad. Su mirada era fría y meticulosa, aunque no sabría identificar el color de sus ojos: tal vez grises, tal vez azules, tal vez verdes. En cuanto a su ropa, no podía ir ataviado más de andar por casa: una vieja bata desgastada por los años, sobre un triste pijama de cuadros. Y casi mejor no hablar de sus zuecos. Para cuando quise darme cuenta, se había encendido una pipa de fumar, tallada en una bella madera de brezo, por lo que pude distinguir, y comenzó a exhalar el humo del tabaco por la boca, al ritmo de los infernales relojes de las paredes. Me fijé entonces en sus manos. Más concretamente en sus dedos, extremadamente delgados, pero firmes y veloces, seguramente dotados de una precisión absoluta, no en vano eran sus herramientas de trabajo, con los que elaboraba sus magníficos y aplaudidos relojes.

—Sabe que me está haciendo perder el tiempo —me dijo, mientras realizaba un leve gesto dirigido a su mayordomo, del que me había olvidado completamente—, ¿verdad, señor Walter?

—Soy consciente de ello —contesté yo, no tan seguro de tal aseveración, y un tanto sorprendido por el aplomo de mi voz.

—Y sabe que mi tiempo es extremadamente valioso, ¿verdad?

Volví a asentir, mientras me palpaba el bolsillo de la chaqueta. Ahí estaba la enorme suma de dinero que había traído, todos mis ahorros, toda una vida de duro trabajo, aunque dudo mucho que al Maestro Relojero le importara el origen de dicho dinero. Saqué los tres fajos de billetes, y los puse sobre la mesita, con extremo cuidado. El pulso me tembló, pero no me importó demasiado, dadas las circunstancias. Hasta entonces no había estado del todo seguro de lo que iba a hacer pero entonces, me dije, ya no había vuelta atrás.

—¿Qué es lo que pretende con toda esa cantidad de libras? —me preguntó el Maestro Relojero, sin hacer ademán de estar ligeramente sorprendido, siquiera.

—Quiero... —mi voz se quebró momentáneamente y me vi obligado a carraspear—, quiero comprar uno de sus relojes.

—Mis pequeñas obras constituyen sin duda alguna los relojes más precisos del mundo entero —dijo él, levantándose—, y probablemente los más bellos también, aunque no esté bien que sea yo quien lo diga. Eso los convierte en objetos realmente caros, piezas de coleccionismo, más bien —hizo entonces una larga pausa, en la que no dejó de escrutarme con su dura mirada y, antes de que yo pudiera decir nada, continuó hablando—. La cantidad que usted ha depositado sobre mi mesa sobrepasa, sin embargo, la tarifa habitual.

—No quiero hacer un pedido habitual —contesté yo, sin levantarme. Estaba apretando mis puños con tanta fuerza, que incluso mis cortas uñas me habían provocado pequeños cortes en las palmas de mis manos.

El Maestro Relojero siguió andando por la estancia, al ritmo de los infinitos relojes colgados en las cuatro paredes. Pasó a mi lado, lo cual me estremeció y me hizo dar un terrible respingo, y se situó tras de mí, en una posición que le otorgaba total control de la situación. Colocó sus manos sobre mis hombros y noté su enorme fuerza, hasta entonces perfectamente disimulada.

—Dígame lo que quiere entonces, señor Walter.

Y entonces se lo pedí, sin titubear. Al instante, entró en la sala el mayordomo, portando una caja en sus brazos, que me fue entregada en silencio.

—Ya tiene lo que ha venido a buscar, señor Walter –dijo el Maestro Relojero, a modo de despedida. Habló desde algún punto del salón, aunque me era imposible localizarle–. Ahora váyase y disfrute de su nueva vida.

Eso fue hace como treinta años. Sé que suena increíble pero, durante todo este tiempo, no he envejecido ni un ápice. Mi aspecto sigue siendo el de entonces, no me han salido más arrugas en la cara, ni más canas en mis cabellos, y mis huesos siguen estando en plena forma. Todo esto ha sido posible gracias al objeto que le compré al Maestro Relojero. Ese objeto, obviamente, era un reloj. Un reloj perfectamente normal en apariencia –de una bella manufactura, eso sí–, pero nada más lejos de la realidad. Ese reloj, de alguna manera, ha impedido que el tiempo pase para mí, ha impedido que envejezca ni un solo día.

Todo gracias a ese reloj, aunque realmente no sé cuál es la posible explicación para ello. Sin duda, es algo que escapa a la lógica y a lo que conocemos. Seguramente no tenga una explicación científica medianamente satisfactoria. Probablemente sea algo más cercano a la magia o la brujería. Sólo sé que lo que estoy contando es verdad. Ya apenas recuerdo cómo me contaron la historia del Maestro Relojero y de lo que era capaz con sus relojes. Y ya apenas recuerdo cómo acabé convenciéndome de todo aquello. En realidad, he de decir que cuando me presenté en la casa del Maestro Relojero y le compré el reloj, no estaba del todo convencido de aquella fantástica historia, aún mantenía un cierto nivel de escepticismo pero, con el paso de los años, y mi no-envejecimiento, acabé por darme cuenta del objeto tan poderoso que tenía entre manos. Ese escepticismo que he comentado me hizo también ser prudente en la compra del reloj. La suma desembolsada fue estratosférica, los ahorros de toda mi vida. Pero había un pequeño detalle que no he comentado aún: como no las tenía todas conmigo, y para evitar ser víctima de un timo, el pago lo realicé con billetes falsos. Un montón de libras falsas por un supuesto reloj mágico –¿o embrujado?– que resultó funcionar. No deja de ser irónico.

Naturalmente, abandoné Londres en cuanto pude. Había timado al Maestro Relojero, y un instinto de supervivencia me instó a alejarme lo máximo posible de él. Estuve un tiempo en Australia y, tras un breve paso por Argentina, acabé en el vertiginoso mundo de New York. Pero, fuera donde fuera, me acompañaba el miedo a que el Maestro Relojero me persiguiera y diera conmigo para hacerme pagar por mi estafa. El reloj que obtuve de él me proporcionaba vida eterna, pero día a día iba carcomiendo también mi mente, me iba enloqueciendo poco a poco, con su tic-tac imparable. Llegué a la conclusión de que no tenía más remedio que regresar a Londres y enfrentarme al Maestro Relojero, si es que seguía aún con vida.

Sin embargo, una vez de regreso en Londres, mi primer impulso fue visitar mi viejo hogar, la vieja casa de mi familia que me vi obligado a abandonar para huir de una posible represalia por parte del Maestro Relojero. Lo que me encontré, no obstante, me abrumó: un abandonado solar lleno de ruinas descuidadas y restos de una casa que debió ser devorada por las llamas. No pude resistirme a preguntarle a un viandante qué había ocurrido allí.

—Es una casa maldita —me espetó—. Hace unos treinta años, un incendio destruyó la casa que aquí estaba construida. Y desde entonces, cada nueva casa que se ha construido en este mismo lugar, ha sido pasto de las llamas. Ha muerto mucha gente aquí. Mucha. Ya hace algunos años que nadie se atreve a construir aquí.

Me dejó sin habla, claro. Cuando pude reaccionar, me arrepentí de haber vuelto a Londres, me parecía una enorme estupidez, y decidí marcharme de allí lo más rápido posible. Puse rumbo al aeropuerto, pero cuando el taxista conectó la radio, me quedé pálido al oír las noticias. Una enorme y extraña tormenta eléctrica se cernía sobre el sur de Londres, y hasta nuevo aviso, el tráfico aéreo quedaba suspendido. Londres era una ciudad aislada. De alguna manera, me esperaba algo así. No me quedaba otra opción que asumir mi destino. Le pedí al taxista que me llevara de nuevo al centro de Londres. Para bien o para mal, era hora de visitar de nuevo al Maestro Relojero.

A pesar de mi no-envejecimiento, al regresar a Londres tenía la vana esperanza de que el Maestro Relojero hubiera muerto, aunque en el fondo sabía que no era así. De nuevo en el umbral de su puerta, no sabía lo que iba a encontrarme. Llamé al timbre y, cuando la puerta se abrió, experimenté el mayor y más desagradable *déjà vu* de toda mi vida: el mismo mayordomo de hace treinta años negaba con la cabeza y chasqueaba la lengua. Me hizo pasar al mismo amplio salón repleto de relojes aunque, en esta ocasión, todos iban a destiempo, cada uno marcando una hora diferente. Esos tic-tac desacompasados, ese ruido infernal que creaban los miles de relojes que allí había, era aún peor que la otra vez. Mi alma se sobrecogió, abrumada, y mi mente quería mandarlo todo al garete. Un rato más allí, pensé, y acabaría volviéndome completamente loco.

Debieron pasar tan sólo unos segundos, pero a mí me pareció una eternidad, y por fin apareció el Maestro Relojero.

—He de reconocer que no le esperaba tan pronto, señor Walter —exclamó pausadamente, con su penetrante voz de tenor. Su aspecto era exactamente el mismo, tal y como yo le recordaba. Era como si estuviéramos en aquel día de hace treinta años: los mismos protagonistas, el mismo escenario, pero un guión totalmente diferente—. Se ve que su conciencia no le ha dejado dormir bien estos últimos años, ¿eh?

—Sé que cometí un terrible error —dije, realmente asustado—. He venido a pedirle perdón y a solucionarlo. Traigo el dinero, esta vez sin trucos ni trampas —y era verdad, previendo esa posibilidad, llevaba una increíble suma de dinero encima que estaba dispuesto a dársela, sin regatear una sola libra.

—¿Cree que realmente necesito su dinero? —me preguntó, maliciosamente—. Usted, sin saberlo, ya ha pagado por lo que le ofrecí. Ha vivido más tiempo de lo que le correspondía, sin envejecer ni enfermar. El sueño de cualquier mortal. Han sido treinta años, pero podían haber sido muchos más. El límite solamente lo ponía usted... Como intentó engañarme con aquel dinero falso, los remordimientos no le dejaban disfrutar de su nueva vida y ha tenido que regresar a Londres para buscar una salida. Como ve, yo tampoco he envejecido, sigo igual que siempre, no sé si entiende la implicación de esta afirmación... En cualquier caso, ha intentado pagar ahora lo que debía haber pagado en su momento. Así no se hacen las cosas. Ha cometido un grave error, señor Walter.

—Puedo pagarle mucho más dinero. Pídame lo que quiera...

—Ya le he dicho, señor Walter, y no me gusta repetirme —me interrumpió, y esta vez sí que parecía enfadado de verdad—, que en realidad ya ha pagado por el reloj.

—Entonces... ¿puedo irme? —sabía que era la pregunta más estúpida e inoportuna que podía haber hecho en aquel momento, pero la verdad es que estaba completamente aturdido. No me sorprendió su respuesta.

—Por supuesto que no.

El Maestro Relojero sonrió entonces, con una mueca pavorosa y demoníaca. Sus dientes eran enormes y amarillentos, todos afilados cual colmillos de lobo. Comenzó a reír, una carcajada sonora y aterradora. Creo que me oriné en los pantalones.

—Me parece que no es consciente del pago que ya ha realizado, ¿verdad, señor Walter? —exclamó el Maestro Relojero, sin dejar de mostrar su terrible sonrisa—. Al comprar aquel reloj, yo le otorgué vida eterna, sin fecha de caducidad, hasta cuando usted deseara. Como comprenderá, no hay dinero para pagar esto. Lo que usted me dio a cambio fue su alma. Mía para siempre. Entiende ahora la implicación de esta afirmación, ¿verdad, señor Walter?

—¿Q... Quién demonios es usted?

—Simplemente soy el Maestro Relojero.

—Yo no he vendido mi alma...

—¿Acaso pensaba obtener un don tan valioso como la vida eterna por una mísera cantidad de dinero? No sea ingenuo, por favor. Y encima intentó estafarme...

—Yo no sabía lo que hacía...

—Eso no es excusa.

Entonces, el Maestro Relojero se me acercó y me rozó el rostro con el dorso de su mano. Se me pusieron los pelos de punta y un escalofrío me recorrió la espalda.

—Mis clientes... especiales –dijo–, consiguen la vida eterna gracias a mis relojes. Yo me alimento, sin embargo, de sus pobres almas. Algunos tardan siglos en pagarme definitivamente. No me importa. Todos acaban pagando, tarde o temprano, de una forma u otra. Usted ha tardado muy poco. Pobrecito.

Hizo un gesto entonces, señalando alrededor suyo, como mostrándome los relojes colgados en las paredes.

—Pero soy un ser benevolente, aunque no lo crea. Y usted no se lo merece. He aquí su nueva tarea para toda la eternidad: deberá poner en hora todos los relojes de esta estancia. Exactamente la misma hora. Si alguna vez lo consigue, que lo dudo, renegaré de su alma, y podrá descansar en paz.

LA CONFESIÓN

Al día siguiente de haberse cometido el brutal crimen, dos sujetos se presentaron en comisaría, por separado, confesando su culpabilidad.

Aunque en un principio tan sólo parecían los típicos desequilibrados que continuamente se autoinculpan de cualquier delito que se comete, ambos personajes aportaron datos concretos sobre el crimen. Relataron con todo detalle el *modus operandi* llevado a cabo en el asesinato, con detalles que no se habían hecho públicos y que, por tanto, tan sólo la policía y el auténtico culpable podían conocer.

Los dos tipos fueron detenidos como presuntos culpables, aunque ambos insistían en haber actuado en solitario. Los exhaustivos interrogatorios a los que fueron sometidos, lejos de aclarar la situación, tan sólo arrojaban al caso mayor desconcierto y confusión. Ambos hombres demostraban su autoría con sus pormenorizadas declaraciones, pero no dejaban de negar haber colaborado juntos. Si tan sólo uno de ellos se hubiera presentado en comisaría autoinculpándose por el crimen, o ambos hubieran reconocido una colaboración conjunta, el caso estaría visto para sentencia, pero ambos reclamaban para sí mismos la autoría, por lo que el misterio seguía sin resolverse.

Fue un joven detective quien arrojó algo de luz al peliagudo dilema, al toparse con unos documentos que relacionaban a la víctima con los dos sospechosos. En un macabro acuerdo, propio de mentes trastornadas, los tres hombres habían decidido aunar todas sus enormes riquezas en un fondo común, que iría a parar a quien primero de ellos asesinara a uno de los otros dos, mediante unos pasos bien concretos, que coincidían con el método utilizado en el asesinato. Con esta prueba, resultaba obvio que uno de los dos autoinculpados era culpable y el otro tan sólo pretendía atribuirse el mérito, pero nadie parecía encontrar la clave para dar con el auténtico y resolver de una vez por todas el misterio.

Fue el mismo joven detective quien sacó a todos de su error, gracias a unos nuevos documentos que recibió de manos del abogado de la víctima. Éste tenía órdenes de entregar dichos papeles una semana después de la muerte de su cliente. Era, sorprendentemente, una nota de suicidio, en la que la víctima relataba paso a paso lo que se disponía a hacer. Una vez comprobada la autenticidad del documento, ya no quedaba duda: la víctima había simulado su propio asesinato, retando de esta manera a sus dos compañeros del macabro pacto a que reclamaran lo que en realidad no habían cometido.

LA MANSIÓN

Huía de la ciudad, conduciendo alocadamente bajo la intensa lluvia, y perdió el control del vehículo a la altura de la vieja mansión abandonada. No se lo pensó demasiado y se dirigió a ella. Necesitaba huir y escapar, esconderse de la atrocidad que había cometido. Acababa de asesinar, fríamente, a su familia, y no tenía la conciencia tranquila.

Se adentró en la mansión, descubriendo que no estaba realmente abandonada. Su morador era un viejo decrépito que no opuso resistencia cuando el intruso le atacó y le asesinó. Poco después, encontró un viejo diario, ya ajado por los años. Comenzó a leerlo, primero con curiosidad, pero enseguida le embargó un temor opresivo, pues el diario narraba, con todo detalle, su propia vida, incluidos los asesinatos cometidos. Asustado, arrojó el diario a la ardiente chimenea.

Muchos años después, escribió su propio diario, narrando sus vivencias, y esperó a que un intruso se colara en la mansión para ajusticiarle por los pecados cometidos.

EL RATÓN Y LOS BOTONES DE LA SEÑORA BURTON

La señora Burton trabajó de costurera durante buena parte de su longeva vida, pero ya hacía un par de años que se vio obligada a jubilarse, pues su vista comenzaba a fallar. Vivía en un pequeño pueblo perdido entre los frondosos bosques de Escocia, en una vieja casa de piedra y madera. Su marido había muerto apenas un par de meses atrás, tras una larga enfermedad, y desde entonces ella se había quedado sola. No habían tenido hijos, y la única familia que le quedaba a la señora Burton era una hermana pequeña, una solterona muy refunfuñona con la que apenas hablaba por teléfono un par de veces al año. En realidad, la señora Burton no vivía tan sola en la vieja casa: un pequeño ratón se había instalado recientemente en el hogar, al poco de morir el marido, y la recorría de punta a punta, aunque con mayor predilección por la cocina. La señora Burton, lejos de asustarse, y en lugar de intentar deshacerse de él, tomó su aparición con amarga alegría, pues la presencia del pequeño ratón en la casa suponía un pequeño alivio a su repentina soledad. Así, en lugar de esconder la comida, la señora Burton dejaba todos los días en el suelo de la cocina, justo antes de acostarse, un pequeño plato con unos trocitos de queso y, alguna que otra vez, con unos dulces. El ratón no tardó en coger confianza y acabó mostrándose sin temor alguno ante la señora Burton durante el día, y acudiendo puntualmente a su cita nocturna con el queso y los dulces.

Cierto día, la señora Burton había decidido volver a coger sus aparejos de costura y ponerse de nuevo a tejer. Ahora no de forma profesional, claro, pero sí al menos para mantenerse ocupada. La tarde era el momento que elegía la señora Burton para ponerse a coser y no pocas veces se asomaba el pequeño ratón para observarla mientras tejía. En cierta ocasión, a la señora Burton se le cayó al suelo una caja a rebosar de botones y, aunque recogió la mayoría, alcanzó a ver, sin poder evitar una amplia sonrisa, cómo el pequeño ratón sujetaba uno de aquellos botones entre sus finas patas y, a duras penas, conseguía hacerse con él, hasta que logró llevárselo hasta su madriguera. La señora Burton lo observó durante todo aquel proceso, maravillándose y divirtiéndose, y tomó la decisión de darle doble ración de queso por la noche, para compensar aquel tremendo sobreesfuerzo que había supuesto para el ratón aquel ejercicio. No imaginaba lo que se iba a encontrar al día siguiente.

Cuando la señora Burton se despertó por la mañana, todo parecía estar en orden. No fue hasta primera hora de la tarde, al acercarse a su cesto de costura, cuando la vio. Junto a la caja de los botones había una enorme moneda de oro macizo. Una moneda antigua y, probablemente, de un alto valor económico. Durante toda esa tarde, la señora Burton no pudo apenas tejer más que un par de puntadas, pues se estuvo preguntando de dónde podía haber salido aquella brillante moneda. La única respuesta posible parecía ser el ratón, aunque no dejaba de ser una idea descabellada. En cualquier caso, el protagonista de sus pensamientos estuvo ante ella toda la tarde. El pequeño roedor la observó durante horas, y a la señora Burton le dio la impresión de que el animalillo estaba esperando algo. Antes de acostarse, durante su rutina diaria de preparar el pequeño platillo con unos trocitos de queso, la anciana mujer, quizás sin pensarlo dos veces, decidió añadir al plato un pequeño botón, similar al que la tarde anterior se había llevado el ratón.

A la mañana siguiente, nada más despertarse, la señora Burton fue corriendo hacia el cesto de costura, pero se llevó una pequeña decepción al comprobar que no había ninguna moneda de oro en su interior, y que la caja de los botones tan sólo contenía botones. Sin embargo, al ir a recoger el platillo del queso, pudo comprobar que allí había una imponente moneda dorada. Ya no le quedaba duda alguna, el ratón le otorgaba valiosas monedas de oro a cambio de insignificantes botones.

La señora Burton no era en absoluto ambiciosa y, de hecho, todo aquello de los botones y las monedas de oro no dejaba de parecerle una mera anécdota curiosa y tan sólo le hacía sonreír, divertida. A su edad, pensó, no tenía ningún interés en hacerse rica a base de antiguas monedas de oro. Lo que le restara de vida quería pasarlo tranquilamente en su vieja casa perdida en los bosques de Escocia, tejiendo apaciblemente mientras aún le quedara un poco de visión, y con la única compañía de aquel amable y gracioso ratoncito.

Unos días después, y tras cerca de una década sin haberse visto frente a frente, la hermana de la señora Burton decidió hacerle una inesperada, y quizás inoportuna, visita. Mientras estaban tomando té con pastas, el pequeño ratón hizo acto de presencia, ignorando que se toparía con una desconocida, ante lo cual la hermana de la señora Burton intentó convencerla de que colocara ratoneras y veneno matarratas por toda la casa. La señora Burton se negó, indignada y escandalizada. Su hermana no comprendía tal negativa ni por qué permitía tan alegremente la presencia

33

de aquel, para ella, tan asqueroso roedor en la casa y, finalmente, y prácticamente arrepintiéndose en el acto, la señora Burton le confesó a su hermana todo lo ocurrido con el ratón, los botones y las monedas de oro.

A la hermana, entonces, se le iluminó la mirada e insistió en quedarse a dormir aquella noche. El buen corazón de la señora Burton le impidió negarse a ello, pero, a pesar de las quejas de su hermana, y como todas las noches antes de acostarse, dejó un platillo con unas rodajas de queso y un botón ante el pequeño agujero en la pared de la cocina, que servía de entrada a la madriguera del ratón. Apenas una hora después de haberse dado las *buenas noches*, la hermana salió de su improvisado dormitorio y, tras comprobar que la señora Burton dormía plácida y profundamente, se dirigió rauda a la cocina. El platillo permanecía allí intacto, y ella se quedó observándolo muy atentamente, y perfectamente alerta a cualquier movimiento que se produjese.

El pequeño ratón aún tardó cerca de otra hora en hacer acto de presencia. Asomó su cabecita por el agujero y observó con cierto recelo a la anciana. Si embargo, el poder de atracción del queso era superior y acabó acudiendo al platillo, como todas las noches. Rápidamente se hizo con una tras otra de las rodajas de queso y dejó únicamente el botón. Pareció dudar entonces, y permaneció oculto en su guarida durante unos minutos, pero finalmente fue de nuevo hacia el plato y sujetó fuertemente el botón entre sus dientes. La hermana de la señora Burton permanecía inmóvil, pero sin perder ojo de los movimientos del animal. Éste se escabulló rápidamente por el agujero y, nuevamente, tardó unos minutos en volver a asomarse. Ésta vez portaba en su boca, con cierto esfuerzo, una brillante moneda. Al verla, la anciana se levantó como impulsada por un resorte y echó a correr hacia el ratón que, por puro instinto animal, soltó la moneda y, dando media vuelta, regresó asustado y acelerado a su refugio.

La hermana de la señora Burton sujetó maravillada la moneda de oro que había traído el ratón. Una brillante idea había empezado a correr por su mente durante las últimas horas y había llegado el momento de ponerse en marcha. No tenía ningún interés en adivinar o comprender por qué el ratón traía monedas de oro a cambio de simples botones, pero le resultaba obvio que esas monedas tenían que haber salido de algún lugar oculto en la casa, y ella estaba dispuesta a dar con dicho botín. Aguzó el oído y, en el silencio de la noche, fue capaz de oír los ligeros pasos del ratón correteando bajo sus pies. Rápidamente, bajó al sótano de la casa y escuchó de nuevo, aún con más atención. Localizó al ratón tras una pared...

Un terrible temblor, seguido de un sonoro estruendo, despertó de golpe a la señora Burton. El ruido provenía de la parte baja de la casa, posiblemente del sótano, pensó. Bajó corriendo al lugar y, entre el polvo que flotaba en el ambiente, se encontró con un espectáculo dantesco: uno de los muros del sótano se había venido abajo, atrapando en su caída a su hermana, quien había muerto en el acto, aplastada por las piedras y ladrillos. Junto a ella también yacía el cadáver destrozado de un diminuto ratón. La señora Burton no pudo evitar sentirse más apenada por la pérdida del pequeño animalillo que por la de su propia hermana.

Unas semanas después, la señora Burton volvía a tejer tranquilamente. La pared del sótano ya había sido reparada, y las dichosas monedas de oro no habían aparecido por ningún lado, aunque a decir verdad, la señora Burton ni siquiera había pensado un solo momento en su mera existencia. Echaba de menos al ratoncito que le hacía compañía en sus días de soledad, y ahora únicamente podía tejer a solas. Se sentía vacía. De repente, escuchó un ruido tras la pared, cerca del agujero por el que tantas veces se asomó el ratón. Eso la sobresaltó. Se levantó y se dirigió al agujero, y a su vez el ruido también fue acercándose más y más, lentamente. Era un pequeño rasgueo, como el de unas pequeñas patitas moviéndose sobre la madera, pero era un sonido más fuerte del que llegó a hacer jamás el pequeño ratón. Entonces se asomó por la abertura, pero no era el gracioso y agradable ratoncito que esperaba la señora Burton, sino una enorme y asquerosa rata negra. En su boca babeante llevaba una moneda de oro. Miró fijamente a la señora Burton y lentamente se acercó hasta ella. Soltó la moneda a sus pies y volvió a mirarla, como pidiendo comprensión. Como pidiendo perdón.

La señora Burton, con lágrimas en los ojos, lo comprendió todo. *Coge tu maldita moneda de oro*, le dijo con rabia a la rata, *y vete de mi casa. Vete y no vuelvas nunca más.*

LAS MANOS

Primero dijeron que le asesiné por un afán puramente económico, pero no le faltaba nada de valor, ni mi nombre aparecía tampoco en su testamento. Luego aseguraron que actué movido por los celos pero, ni era verdad, ni había prueba alguna que lo sostuviese. Al final decidieron, casi arbitrariamente, que actué por un burdo ajuste de cuentas, lo cual no tenía sentido alguno, pero necesitaban un móvil que justificara mi confesión.

A nadie le conté jamás por qué le asesiné de forma tan cruel. A nadie confesé nunca que le corté las manos, provocando así su posterior muerte al desangrarse lentamente, simplemente porque me fascinaba su manera de tocar el piano.

LA CIUDAD DE LA LUNA

[Próximamente publicado en "Relatos de tus poemas", de *Kit.Book*, como uno de los relatos seleccionados del 'Concurso de Relatos Kit-Book – noviembre 2011']

Ezequiel se despertó con el bache. Su mujer, Susana, conducía excesivamente rápido, y aquel viejo coche ya no estaba para demasiados trotes. Y menos en aquella carretera que, por momentos, se convertía en casi un camino de cabras. Tardó unos instantes en comprender dónde se hallaba, pero enseguida recordó que regresaban de la boda de su cuñado. Un bodrio, pero no habían podido negarse a ir. Por suerte, ya estaban de regreso a casa.

—¿Dónde estamos, cielo? –preguntó Ezequiel, terminando de desperezarse.

—Hombre, el dormilón –contestó sonriente su mujer. Se le notaba el cansancio en el rostro, pero se alegraba de que se hubiera despertado su marido, pues así al menos podría hablar con él, en lugar de limitarse a simplemente conducir–. Aún queda mucho viaje, campeón. Pero creo que ya te va tocando a ti conducir.

—Hmmm... Diez minutos –contestó él, devolviéndole la sonrisa, mientras estiraba los brazos en un prolongado bostezo. Después, se giró hacia la ventana y observó el exterior.

Apenas podía distinguir nada en medio de la oscuridad nocturna. El cielo estaba cubierto, ocultando la luna, pero Ezequiel intuía que viajaban por una zona rural, pues a su alrededor distinguía, a duras penas, algún que otro árbol. Y al fondo, prácticamente ocultas en la oscuridad, podía ver el contorno de una negras praderas que terminaban en unas montañas no muy altas.

—¿Qué le pasa a la radio? –preguntó de repente, al darse cuenta del silencio que reinaba en el interior del vehículo.

Manipuló el aparato, en busca de alguna emisora, pero no consiguió sacar más sonido que el monótono y aburrido ruido de estática. Susana le explicó entonces que se había puesto así hacía tan sólo unos pocos minutos, justo antes de despertar él. Ezequiel abrió la guantera y extrajo un estuche en el que se puso a rebuscar con ahínco.

—Ya tengo la solución –dijo, sacando un CD del estuche, e introduciéndolo en la ranura correspondiente. Al poco, comenzó a sonar el tema *Moonlight Shadow*, de Mike Oldfield. Susana volvió a sonreír, y ambos se besaron. Luego, inspirado por la canción, Ezequiel volvió a mirar al cielo, esperando quizás que se asomara la luna.

El cielo estaba igual, cubierto por una oscuridad inquebrantable. Ezequiel apoyó la cabeza en el cristal de la ventana y cerró los ojos, diciéndose a sí mismo que era una pena no poder ver la luna y las estrellas ahora que viajaban por el campo. Abrió de nuevo los ojos y pudo observar cómo, de repente, unas nubes se apartaron permitiendo asomarse a la luna. Una luna llena, perfectamente redonda y clara, aunque muy brillante y definitivamente hermosa. Desprendía una claridad como sólo en la noche se puede lograr, inundándolo todo con ella. Ezequiel pudo entonces distinguir mejor el paisaje: lo que antes sólo se asemejaban a árboles eran efectivamente árboles, pero ahora también podía ver arbustos, una extensa plantación de maíz con un escuálido espantapájaros como guardián, un pequeño riachuelo casi seco... y a cosa de un par de kilómetros de distancia, en las praderas que acababan en montañas, había unas extrañas luces, que le llamaron inmediatamente la atención. La luna se mostraba completa y orgullosa, brindando la suficiente claridad para que Ezequiel pudiera comprobar que dichas luces correspondían a una pequeña aunque brillante ciudad.

—Susi –dijo él, sin dejar de mirar por la ventana–, ¿cuál es la población más cercana a nosotros ahora mismo?

—Pues tiene que ser *Quila*, pero debe estar como a treinta kilómetros de aquí –contestó ella–, si te estás meando será mejor que te bajes en carretera...

—Tiene que haber algún sitio más cercano.

—No, cariño –replicó ella, convencida–. Estamos en la carretera 27, conocida por estos lares por ser tremendamente solitaria, y por no tener ninguna población entre *Cassius* y *Quila*. De hecho, yo calculo que estaremos justo en medio de ambas. Y es más –añadió, mirando con curiosidad a su marido–, por no haber, no hay nada humano en veinte o treinta kilómetros a la redonda: ni estaciones de servicio, ni gasolineras, ni el motel de Norman Bates...

—¿Pues entonces qué coño es eso? –preguntó Ezequiel, señalando a su ventana, en dirección a donde había visto las luces y la ciudad.

En ese preciso instante, las nubes volvieron a cubrir la luna, escondiéndola por completo con su manto y regresando de nuevo la impenetrable oscuridad. Susana miró por la ventana, sin miedo ya que circulaban desde hacía un rato por una larga recta, pero ya no pudo ver nada salvo negrura, y así se lo hizo saber a su marido. Éste, incrédulo, vio que había desaparecido la ciudad. No es que ya no se viese tan nítida como antes de ocultarse la luna, sino que había desaparecido completamente, sin dejar rastro. Incluso las luces que unos momentos antes brillaban con fuerza, ahora estaban ausentes. Sólo había oscuridad.

Al principio, Ezequiel se sintió sorprendido y descolocado, pero enseguida pensó que sus ojos le habían jugado una mala pasada. Seguramente, entre que acababa de despertarse, y la repentina claridad procedente de la luna, había creído ver unas luces de una ciudad, cuando no sería más que algún extraño reflejo. Pensándolo más fríamente, se daba cuenta de que era absurdo, si hubiese una ciudad allí (algo imposible, tal y como le había confirmado su propia mujer, y ella conocía esa zona como la palma de su mano), ahora mismo tendría que seguir viendo las luces destacando en la oscuridad, y no era el caso. Sólo había oscuridad.

—¿Estás bien, Ezequiel? –preguntó Susana, al ver a su marido titubeando.

—Sí, sí, cariño –respondió él, frotándose con fuerza los ojos–. Creo que no había terminado de despertarme del todo, y he debido de tener una especie de alucinación. Me pareció ver unas luces allí, hacia la derecha.

—Sí, seguro –dijo ella, sonriendo ampliamente–. Fijo que era un OVNI.

—Vete a la mierda –replicó Ezequiel, dándole un suave golpe en el hombro, y ambos se echaron a reír alegremente.

Cuando cesaron las carcajadas, él volvió a mirar por la ventana. Todo seguía a oscuras. Alzó la vista y al poco comenzó a ver cómo la luna volvía a asomarse de nuevo, tímida pero inexorablemente. De forma instintiva, bajó la vista hacia donde había visto antes la ciudad y, de nuevo, ahí estaba. Ezequiel la podía ver claramente. Un núcleo brillante de edificios y casas, no sólo visibles por la luz que ahora reflejaba la luna, sino que además desprendía sus propias luces, como cualquier otra ciudad. Ezequiel se quedó paralizado unos segundos, tratando de asimilar las imágenes que estaba percibiendo, intentando encontrar el sentido lógico a aquello.

—Susi... –acertó a decir finalmente, tras unos segundos de estupefacción.

—¿Sí?

—Otra vez...

—¿Otra vez el OVNI? –rió Susana, sin apartar la mirada de la carretera, aunque apenas había curvas en aquella zona–. Oye, si lo que pretendes es librarte de conducir en tu turno, no lo vas a conseguir...

—No, Susana –dijo él, girándose hacia ella–. Ahí está otra vez la ciudad. ¡Mírala, joder!

Susana se giró y observó en primer lugar a su marido. La mirada de él le mostraba que no estaba tomándole el pelo ni riéndose de ella. Todo lo contrario, Ezequiel estaba muy convencido de lo que decía, y así lo percibió Susana. Incluso le pareció ver algo de terror y asombro en sus ojos. Sea como fuere, el caso es que para cuando ella desvió la vista hacia la ventana del copiloto y miró a través de ella, hacia donde se suponía que su marido había visto la dichosa ciudad, allí ya no había nada, salvo una negrura total. La luna había vuelto a ocultarse.

—Cariño... –dijo ella, titubeando–, yo no veo nada...

—Para, Susana —ordenó él, con el rostro muy serio. Su mirada empezaba a mostrar una ligera obsesión. Había vuelto a ver la ciudad, y ahora estaba seguro de su existencia.

—¿Qué?

—Que pares, Susana. Que detengas el coche –Ezequiel la sujetó por el brazo–. Allí hay una ciudad. La he visto con mis propios ojos.

—¿Estás loco? –Susana se estaba asustando un poco. Además, comenzaba a dolerle el brazo por la presión que ejercía su marido–. Allí no hay nada, sólo...

—¡Que pares, coño!

Ezequiel forcejeó con su mujer, que se vio obligada a frenar el vehículo. Antes de que a Susana le diera siquiera tiempo a replicar, su marido abrió la puerta del copiloto y salió del coche, corriendo como un loco. Ella se quedó atónita, pero cuando vio que Ezequiel ya se había alejado diez o doce metros, y empezaba a ocultarse en la oscuridad de la noche, decidió ir tras él.

—¿Estás loco, Ezequiel? –le preguntó ella, mientras avanzaban en mitad de la noche, sin una luz que les pudiera guiar–. ¿Se puede saber a dónde vas?

—A dónde vamos –rectificó él.

—¿Cómo? –preguntó ella, desconcertada.

43

—Que vamos. Tú y yo. Los dos —Ezequiel la cogió de la mano, con firmeza pero sin hacerle daño, mientras pronunciaba estas palabras—. A la ciudad.

—No hay ninguna ciudad, cielo. Habrás visto un reflejo o algo...

—Sé lo que he visto, Susi. Era una ciudad, y la vamos a encontrar. Tiene que estar aquí al lado.

—Ni hablar —espetó ella, y se detuvo en seco, soltándose de su marido—. Yo me vuelvo al coche. Tú haz lo que quieras —y se giró, dispuesta a desandar lo andado, mientras Ezequiel la miraba con resignación.

Ezequiel hizo un breve amago de retroceder e ir a buscar a su mujer, pero entonces la luna volvió a asomarse sobre él. Según sus cálculos, la ciudad debería hacerse visible andando unos pocos metros más, a la vuelta de un recodo. Y decidió continuar adelante.

Pero la luna volvió a ocultarse antes de que alcanzara dicho recodo. La oscuridad envolvía de nuevo a Ezequiel, pero éste no se echó atrás y siguió su camino. Unos minutos después se encontraba en un amplio espacio abierto, en plena noche. Según estimaba, ahí mismo debería estar la misteriosa ciudad pero, obviamente, se encontraba en mitad de la nada, en campo abierto. Su mujer tenía razón, al fin y al cabo. Entonces miró al cielo, hacia la negrura total, como pidiendo una vez más que se asomara de nuevo la luna.

Y la luna se asomó. Y la ciudad reapareció. Se materializó alrededor de Ezequiel, surgiendo de la nada más absoluta, tomando forma a medida que la luz de la luna se abría paso a través de la oscuridad. En unos pocos segundos Ezequiel se vio, no ya sobre una superficie de tierra con hierba silvestre, sino sobre los adoquines de piedra de una pequeña y vieja ciudad. Y ya no estaba a oscuras, todo a su alrededor estaba cubierto por una luz pálida aunque cegadora. Ezequiel estaba maravillado, miraba a las casas de piedra que le rodeaban, estirando el brazo hacia ellas para tocarlas y percibir su solidez, notar que eran reales y no un producto de su imaginación.

Una pequeña pero insistente melodía a base de cortos y agudos pitidos le sacó de su ensueño. Era su teléfono móvil. En la pantalla aparecía y desaparecía, a pulsaciones rítmicas, el nombre de Susana.

—Cariño, ¿dónde estás? –preguntó ella, cuando Ezequiel contestó la llamada–. Por favor, vuelve al coche, me estás asustando mucho.

—No, Susana –respondió él, visiblemente emocionado–. He encontrado la ciudad. Es real, existe. Tienes que venir, rápido.

En realidad, la última frase no llegó a oídos de Susana, porque la comunicación se cortó de golpe. Tras dicho corte, la pantalla del móvil indicaba que no había cobertura. Entonces, de repente, se abrió la puerta de madera de una de aquellas viejas casas, y una extraña voz ronca dijo, o más bien susurró, *bienvenido a la ciudad de la luna*. Ezequiel no se lo pensó demasiado y entró dentro de la casa.

Susana intentó llamar de nuevo a su marido pero, tras haberse cortado la última llamada, con cada nuevo intento sólo recibía el mismo desquiciante mensaje de *el móvil al que llama está apagado o fuera de cobertura*. No era consciente de ello, pero estaba sollozando. Estaba asustada, y

45

quedarse sola en el coche sin saber dónde estaba su marido no era la mejor opción. Decidió regresar de nuevo en su busca. Avanzó rápidamente, pues esta vez la luna tardaba más en ocultarse, y le permitía ver mejor por dónde avanzaba. Un rato después, llegó a la amplia explanada donde apenas unos minutos antes se encontraba su marido. A su alrededor tan sólo veía una vasta extensión de campo abierto en todas direcciones, cubierta con una ligera neblina que apenas perturbaba ligeramente la visión. Pudo observar unas huellas recientes en el suelo de tierra, que avanzaban unos metros más, para desaparecer repentinamente. Pero ni rastro de Ezequiel.

Ezequiel estaba en la ciudad de la luna. Se encontraba dentro de una de sus casas. A través de la ventana podía ver a su mujer, Susana, que miraba despistada a su alrededor, aún sin ver la ciudad, a pesar de encontrarse ya en ella, en mitad de una de sus calles, y a plena luz de luna, que brillaba en el firmamento con todo sus esplendor. Intentó abrir la puerta de la casa, pero le resultó imposible. Igualmente le pasó con la única ventana de la estancia. Ezequiel gritó entonces con todas sus ganas, pero su voz no parecía llegar a su mujer. Su desesperación empezó a ir en aumento, mientras que la luna comenzó a ocultarse de nuevo. Ezequiel vio cómo la ciudad desaparecía ante sus incrédulos ojos, y vio también cómo él desparecía con ella. Y su mujer continuaba ajena a todo ello, buscándole sin encontrarle, sin saber que estaba a tan sólo unos metros de ella.

Finalmente, la luna se ocultó tras las nubes, y la ciudad desapareció. Susana se arrodilló desesperada, llorando y gritando el nombre de su marido, en plena oscuridad. Ezequiel no apareció jamás.

NECESITO REGRESAR

[Microrrelato semifinalista en el 'I Concurso de Microrrelatos Lluvia de Palabras' de *Poesías y Reflexiones*]

Dirigí el manicomio durante más de dos décadas y, poco a poco, mis nervios y mi propia integridad mental se fueron minando. Los continuos gritos desesperados, las miradas perdidas y las continuas agresiones por nimiedades, hicieron que yo mismo perdiera la correcta visión del mundo. Me ofrecieron una jugosa prejubilación y accedí gustosamente, y de la misma decidí retirarme a mi refugio de las montañas, buscando una paz y relajación de la que hacía demasiado tiempo que no disfrutaba. Sin embargo, sólo encontré aterradora soledad y desquiciante aburrimiento. Me encontraba fuera de lugar, completamente perdido y desubicado. Cuando encontraron los cuerpos descuartizados de aquellos campistas desaparecidos, tan sólo pude decir *necesito regresar*. Ahora ocupo una celda acolchada en el mismo manicomio que regenté durante tanto tiempo. Ahora me siento bien, en mi hogar, con los míos.

UN VIAJERO LLEGÓ A UNA POSADA (I)
VAMPIROS

[Publicado en "El día de los cinco Reyes y otros cuentos" de *miNatura*, como uno de los microrrelatos seleccionados en la '1ª Convocatoria miniatura Ediciones' (noviembre de 2011)]

No le hizo gracia tener que detenerse en aquella posada. Ya era noche cerrada y la oscuridad no dejaba apenas ver entre los árboles del bosque que debía cruzar. Era obvio que no llegaría a la ciudad antes del alba, así que dejó su caballo en la destartalada cuadra, donde le aseguraron que no le faltaría de nada y, ya en la posada, se dispuso a cenar algo caliente.

—¿Qué le trae por estos lares? —le preguntó el orondo posadero, mientras le servía un roñoso plato de caldo hirviendo.

—Voy a la ciudad —contestó—, para advertirles de que corren un terrible peligro.

—¿Y de qué peligro se trata, si puede saberse? —le preguntó de nuevo el posadero, sin hacer la más mínima mueca.

—Desde los pantanos del norte —respondió, mientras daba buena cuenta del caldo, que no era especialmente sabroso, pero que le hizo entrar en calor—, se acercan varias hordas de vampiros. Tengo que avisarles para que estén prevenidos.

—Oh, eso no será necesario —afirmó entonces el posadero.

—¿No?

—No –repitió, mostrando en ese instante dos enormes colmillos afilados–. Ya no queda nadie en la ciudad. Por eso ahora esperamos a los viajeros a las afueras...

UN VIAJERO LLEGÓ A UNA POSADA (II)
LA PESTE

[Incluido en la revista online –publicación digital– Ultratumba # 10, de *Javier Herce,* en noviembre de 2011]

En el horizonte ya se atisbaba el puerto, reformado en los últimos meses, y más imponente que nunca. Cuando desembarcó, Hilario lo encontró muy cambiado. No en vano, hacía ya más de ocho años que había abandonado su hogar y su país, que entonces agonizaban bajo el yugo de la peste. Casi un año después de que fuera incinerada la última víctima certificada por peste en el país, Hilario decidió que ya era hora de regresar a casa y reencontrarse con su mujer e hijos, a quienes no dudó en abandonar cuando la terrible plaga acechaba a la vuelta de la esquina. En el extranjero, apenas había logrado ganarse la vida, pues nunca había demostrado tener un amor especial al trabajo, así que regresar a casa, una vez que ya no quedaba rastro de la enfermedad, se presentaba como la mejor opción en aquellos momentos.

Aunque su intención era regresar a su antiguo hogar, situado en un pequeño pueblo de los valles interiores, y a un par de días de viaje a caballo desde la ciudad costera, no le preocupaba en absoluto la suerte que hubiera corrido su abandonada familia. Si se encontraba con su mujer y sus hijos, esperándole tras tantos años ausente, retomaría sin pasión su lugar como cabeza de familia, pero si descubría que habían fallecido víctimas de la peste, no malgastaría demasiado tiempo en llorar su muerte.

Los pocos ahorros que había podido reunir en los últimos años los había gastado en un pasaje de mala muerte en el barco que le trajo de vuelta a su país de origen, por lo que se vio obligado a agenciarse por la fuerza un medio de transporte. A lomos de un caballo negro como el tizón, puso rumbo a los valles, a su viejo hogar. En una pequeña bolsa de cuero curtido, que colgaba de la silla de montar, encontró un puñado de monedas de plata y cobre, que le servirían para regalarse una opípara cena y pasar la noche en alguna posada del camino. *Regreso a casa*, pensó sonriente, *y regresa la fortuna*.

Al poco de anochecer, y tras varias horas de viaje a lomos del caballo robado, una tenue luz surgió ante él. Un desvencijado farol iluminaba con dificultad una pequeña y lúgubre posada. Dado que hacía varias millas que no encontraba signos de civilización, y probablemente no encontraría más en las siguientes, Hilario decidió que era el sitio ideal para cenar y pasar la noche. Sin embargo, al acercarse a la posada, el caballo comenzó a alterarse, girando la cabeza a ambos lados y tratando de dar media vuelta. Hilario, maldiciendo, logró dominarlo, y finalmente lo pudo atar a un poste de la fachada de la posada, aunque el animal continuaba si cabe más intranquilo.

Entró en la posada sin llamar y, para su sorpresa, se encontró con una estancia triste y silenciosa. Fuera, el caballo se encontraba cada vez más nervioso y furioso, dando brincos sin cesar. El cielo nocturno, hasta entonces despejado y estrellado, se cubrió de negras nubes de tormenta en cuestión de segundos. Un relámpago iluminó la noche y, apenas un instante después, un sonoro trueno retumbó en la zona. El caballo, totalmente enloquecido, logró soltarse, y echó a correr desbocado de

51

regreso a la costa, sin que Hilario se percatara de ello, en el interior de la posada. Fue entonces cuando arreció la lluvia, violenta y ruidosa.

La planta baja de la posada era una sucia taberna, con unas pocas mesas y sillas de madera astillada y con una especie de sucio mostrador al fondo. Hilario pudo ver, sentados en diferentes mesas, a un par de hombres y a una mujer, solitarios, ebrios y silenciosos, que le observaban con desmesurada atención mientras apuraban sus cervezas tibias. Se dirigió al mostrador, donde le atendió un tipo mórbidamente obeso y de aspecto sucio y desagradable.

—Quiero cenar y beber –solicitó Hilario–. Y una habitación donde pasar esta noche.

Fuera llovía cada vez con más insistencia, mientras los continuos relámpagos y truenos parecían entablar una feroz batalla. Dentro, el tabernero miraba fijamente a Hilario, con ojos saltones de sapo, inyectados en roja sangre, y con una inquietante sonrisa de infinitos dientes amarillentos.

—Tengo dinero –dijo Hilario, ante la impasibilidad del tabernero, y sacó la bolsa de cuero repleta de monedas.

—Ese dinero no vale aquí –dijo entonces el orondo tabernero, sin dejar de sonreír, y apartando la bolsa–. Sin embargo, tendrá cena y bebida, y un lugar donde pasar la noche.

Un rato después, Hilario apuraba una sopa insípida y gelatinosa, y daba buena cuenta de unos andrajosos trozos de carne seca, que no supo identificar. Fuera, la tormenta seguía arreciando con furia desmedida.

Tras la cena, el tabernero le acercó una jarra de cerveza, que Hilario aceptó en silencio. Estaba caliente y sabía a meados, pero la bebió igualmente. La comida y la bebida eran malas a conciencia, pensó, y seguramente tendría que dormir en algún camastro duro y poco confortable, pero al menos no tendría que pagar por ello. Quizás los terribles años de la peste habían modificado el modelo de negocio del país pero, sin duda alguna, todo aquello no dejaba de ser extraño y un tanto inquietante.

Unas pocas horas e incontables cervezas después, Hilario se levantó y, tambaleándose ligeramente, se acercó a la ventana y se asomó. La tormenta no había aflojado en absoluto y el espectáculo en el exterior era dantesco: una lluvia torrencial apenas dejaba ver a un par de palmos de distancia, y el viento soplaba sin descanso, arremolinándose alrededor de la posada. Hilario se dio cuenta entonces de que el caballo había huido. Maldiciendo, y con un incipiente dolor de cabeza, se dirigió nuevamente hacia el tabernero, que no había dejado de sonreír en toda la noche.

—Mañana le solicitó. No se–necesitaré un caballo para continuar mi viaje molesto en indicarle que tenía dinero pues esperaba que, al igual que con todo lo anterior, no le cobrara por aquello.

—Eso no será posible –contestó sin embargo el tabernero, con su cada vez más escalofriante sonrisa–. Me temo que no podrá marcharse de aquí...

Entonces Hilario se asustó de verdad. Estaba borracho, le dolía la cabeza y no se encontraba bien. Todo aquello no era natural y era obvio que allí estaba ocurriendo algo extraño. Miró al tabernero, pero éste permanecía impasible, sonriendo tras la sucia barra de la taberna. Hilario retrocedió unos pasos, inseguro, y se giró observando al resto de la gente. Allí seguían los dos hombres y la mujer, exactamente igual que cuando entró, sentados en diferentes mesas, apurando cervezas tibias y repugnantes, y mirándole con curiosidad.

Sin pensárselo, echó a correr presa del pánico y se dirigió a la puerta de salida. Por un momento, pensó que no se abriría, pero la puerta no opuso resistencia y se abrió sin dificultad. Hilario salió...

Sin embargo, no se topó con el fuerte temporal que arreciaba fuera, no se empapó con el insistente aguacero que caía desde hacía horas, ni recibió en la cara el fuerte impacto del viento huracanado que hacía crujir la madera de la posada. Se encontraba de nuevo en el interior de la misma, ante el mismo inquietante tabernero y los mismos solitarios comensales, que volvían a observarle con detenimiento.

Se giró de nuevo y volvió a salir por la puerta, asustado y sin comprender qué ocurría, pero nuevamente apareció en la taberna. Como un loco sin control, repitió la operación una y otra vez, pero el resultado era siempre el mismo, no conseguía escapar de allí. Aterrado, comprendió que estaba encerrado en aquella posada infernal.

—¿¡Qué está ocurriendo!? –gritó al fin, desesperado, arrodillándose en el suelo y sujetándose la cabeza con sus temblorosas manos, a la altura de las sienes. Estaba llorando de terror e incomprensión.

El tabernero se le acercó entonces, con su sonrisa inmutable, y le tocó en un hombro.

—Ande, siéntese –le dijo, acercándole una jarra de cerveza humeante–. Aún le queda una larga noche por delante...

Hilario se levantó entonces y, sin pronunciar palabra, se sentó en una mesa. Miró hacia donde estaban sentados los dos hombres y la mujer, pero los encontró cambiados. Tenían la piel llena de llagas supurantes y palpitantes bulbos negros. Uno de los hombres vomitó entonces una bilis verde y viscosa que le recorrió la mandíbula y el pecho, aunque no parecía ser consciente de ello. Hilario, temblando, asió entonces la jarra, con la intención de evadirse de todo aquello gracias a los efluvios del alcohol, y entonces lo vio: un pequeño bulbo negruzco en el dorso de su mano. Se lo frotó, asustado, y el bulbo reventó con un sonido gaseoso, dejando escapar un chorro de negra sangre infecta y maloliente. A sus pies, decenas de sucias ratas correteaban sobre posos de cerveza y charcos de sangre coagulada. Mientras tanto, el tabernero no dejaba de sonreír.

UN VIAJERO LLEGÓ A UNA POSADA (III)
TOC, TOC

Un viajero llegó a una posada.

"Toc, toc..."

—¿Quién es? –preguntó una voz desde el interior.

—Un viajero –respondió–. Necesito comida, bebida y un lugar donde pasar la noche.

—¿Con qué pagarás?

—Tengo dinero –contestó el viajero, haciendo sonar un bolsa de cuero curtido, repleta de monedas.

—Tu dinero no tiene valor aquí –replicó la voz del interior–. Ese dinero es robado y no lo aceptamos en esta posada.

—¿Y con qué puedo pagar entonces?

—No sólo lo material tiene valor. Prueba a ofrecernos otra cosa.

—Puedo narrar una historia, entonces –ofreció el viajero, tras pensarlo durante unos momentos.

—¿Qué historia? –preguntó de nuevo la voz desde el interior de la posada.

—Mi historia, claro. La historia de mi vida.

—Tampoco es aceptable –replicó de nuevo la voz–. Esa historia aún no está terminada. Está incompleta.

—Puedo ofrecer mi alma, entonces –dijo el viajero, dudando.

—No podemos aceptarla –negó nuevamente la voz–. Tu alma ya tiene dueño. Se la vendiste al Diablo hace tiempo.

—¿Y qué puedo hacer? –preguntó el viajero, apoyado en la puerta cerrada–. Estoy cansado y necesito descansar.

—Puedes acudir a la posada que hay enfrente –contestó la voz–. Allí te abrirán las puertas sin hacerte preguntas.

—¿Allí me darán comida, bebida y un lugar donde pasar la noche?

—Tal vez sí. Tal vez no. Sólo lo descubrirás una vez que entres.

El viajero dio media vuelta y se dirigió a la otra posada.

"Toc, toc..."

—Adelante, viajero –dijo una voz, muy parecida a la de la otra posada, desde el interior–. Eres bienvenido.

La puerta se abrió con un lastimoso quejido, y el viajero entró. Antes de que la puerta volviera a cerrarse, se giró y pudo observar el nombre de la posada donde le habían rechazado: "Posada El Cielo", era su nombre. Se giró de nuevo y, ante él, apareció el posadero, un tipo alto y delgado.

—Disculpe... –acertó a preguntarle el viajero–. ¿Podría decirme cómo se llama esta posada?

—¿Acaso necesitas preguntarlo?

EL MONSTRUO BAJO LA CAMA

[Publicado –una versión reducida del relato- en "Misterios para el sueño" de *La Cesta de las Palabras* y *Ediciones Osiris*, como uno de los microrrelatos semifinalistas en el 'I Concurso de Microrrelatos La Cesta de las Palabras – La Noche' (octubre de 2011)]

> *"Con qué miedo escuchaban los monstruos bajo la cama*
> *el cuento que leía a su hijo Edgar Allan Poe"*
>
> José Luis Zárate, escritor mexicano

La madre apagó la luz y abandonó la habitación cerrando la puerta tras de sí. El niño se acurrucó bajo las mantas, temblando pero no de frío, sino de inconmensurable pavor.

Tenía un temor desorbitado hacia el monstruo que, desde hacía unos escasos días, se había instalado y habitaba bajo su cama. Aún no había podido verlo, pero sabía que estaba allí noche tras noche, babeante y peludo, esperando para atacarle por sorpresa, y comérselo con sus afilados y amarillentos dientes de monstruo. Estaba seguro de haberlo oído arrastrarse por el suelo en más de una ocasión, cada vez más cerca, cada vez más ansioso. En cualquier momento se le echaría encima, y entonces el niño no podría hacer ya nada para defenderse.

En mitad de la oscuridad, el niño escuchaba atentamente, alerta ante cualquier sonido. Casi imperceptiblemente, pudo oír un pequeño ruido, un suave rasgueo sobre la madera del suelo. Un ris-ras leve pero constante, que avanzaba y avanzaba...

Bajo la cama del niño, el monstruo, como todas las noches anteriores, intentaba no hacer ruido mientras se arrastraba por el rugoso suelo, pero en mitad del silencio nocturno, sus movimientos se hacían evidentes.

Unos pocos días atrás, y sin saber cómo, el monstruo había llegado a la habitación del niño a través de un portal dimensional, procedente de un extraño y lejano mundo poblado de seres atroces e inimaginables. Por el día, la luz cegaba e impedía el movimiento al monstruo, pues allí de dónde venía la oscuridad reinaba eternamente, y por eso se escondía en un rincón bajo la cama, perfectamente oculto ante cualquier mirada. Por la noche, el monstruo podía moverse con libertad, aunque sabía que no se encontraba solo en la habitación. No comprendía lo que había ocurrido ni cómo había podido llegar allí, pero sí notaba que allí había alguien con él, un ser completamente desconocido que reposaba sobre él. Oía la acelerada respiración de aquel ser y sus frecuentes gemidos mientras se revolvía sobre la cama. Captaba el fuerte olor de su abundante sudor y otros más sutiles y dulzones. Aún sin ver al niño, el monstruo podía visualizarlo en su mente.

Todas las noches desde que llegó allí, el monstruo se arrastraba por el suelo, pero no en busca del niño, sino de la puerta. El ser desconocido que reposaba sobre él, lejos de resultarle apetitoso, le producía un temor irracional. Le daba miedo que pudiera descubrirle. Le daba miedo que pudiera matarlo. Le daba miedo que pudiera comérselo.

Mientras el niño se revolvía en la cama, y apenas podía dormir dominado por la angustia y el temor, el monstruo se afanaba en buscar la manera de huir de allí lo antes posible.

COMIDA PARA PERROS

Siempre me consideré un buen marido. Amaba a mi esposa, aunque el amor apasionado del principio se fuera convirtiendo poco a poco en simple cariño. Pero siempre la traté con respeto y con una cierta admiración. Quizás fuera un ingenuo, o víctima de una ceguera total, pero la verdad es que no lo vi venir. Ni una mínima sospecha, ni un pequeño indicio, nada que me indicara cómo iba a terminar todo al final. Me pilló totalmente por sorpresa, completamente desprevenido e indefenso. Cuando mi mujer decidió asesinarme, yo no pude hacer nada para evitarlo.

Dicen que el método más usado por las mujeres para cometer un asesinato es el envenenamiento. Mi esposa, sin embargo, decidió que sería más efectivo rebanarme el pescuezo. Me degolló una noche, mientras dormía y, antes de que mi sangre llegara a enfriarse del todo, me descuartizó con el viejo hacha, del que siempre me había preguntado qué narices pintaba en casa. Al final tuvo su utilidad, imagino. Pero no acabó ahí la cosa: para hacer desaparecer los trozos de mi cadáver descuartizado, mi mujer debió pensar que la mejor manera sería ofrecérselos a *Kumo*, nuestro perro. Un enorme y glotón, aunque pacífico, san bernardo que, a pesar de sus reticencias iniciales (quizás en el fondo el pobre animal comprendía que estaba cometiendo una aberración), dio buena cuenta de mis restos. De esta manera, no quedó ni una evidencia del asesinato cometido por mi esposa. Oficialmente, había desaparecido. Mi esposa era culpable de un crimen que no le constaba a las autoridades, por lo que salió perfectamente impune. Se quedó con todo el dinero (no demasiado, la verdad), la casa (ninguna maravilla, dicho sea de paso), el coche (que al menos aún arrancaba) y, por supuesto, el perro (el cual me había devorado gustosamente). Con mi muerte no es que se llevara un buen pastel, la verdad, pero sí le dejaba vía libre para poder pasar todo el tiempo que deseara al lado de su amante.

Efectivamente, es lo que estáis pensando: mi esposa era una psicópata. No sé si llegó a valorar en algún momento la posibilidad de una separación o incluso el divorcio, pero por lo visto llegó a la conclusión de que la única (o al menos, la mejor) salida para ella era el asesinato. Un asesinato perfecto, habida cuenta del resultado obtenido. No dejó prueba alguna y se salió con la suya, mientras que yo acabé digerido por los jugos intestinales de nuestro enorme san bernardo.

Durante un tiempo, tras mi muerte, estuve como en un estado de somnolencia, pero sin soñar. Todo era oscuridad y silencio, y realmente no llegaba a comprender lo ocurrido. Luego, poco a poco, me fui despertando, saliendo de mi estado aletargado y tomando plena conciencia de lo ocurrido con mi vida, aunque sin comprender aún en qué situación me encontraba tras el terrible crimen. La oscuridad dio paso a un mundo de imágenes en movimiento, y el silencio se convirtió en constantes y diferentes ruidos. Como ya he comentado, al principio no fui consciente de lo que ocurría o de dónde me encontraba. En cierta manera, me parecía estar en una sala de cine viendo una extraña película sin sentido. Con el paso del tiempo comprendí que había ocurrido algo realmente asombroso. Cuando fui descuartizado por mi esposa, y posteriormente devorado por el perro, de alguna manera que no alcanzo a (ni deseo) comprender, mi alma (o mi esencia, o mi espíritu, cada cual que lo denomine como prefiera) fue absorbida por el perro. Yo me encontraba dentro del san bernardo, formaba parte de él, habitaba en él. Tampoco sería muy descabellado decir que me había fusionado con él. Era una sensación extraña, un tanto incómoda. Pero aún me quedaba por hacer un descubrimiento aún mayor: con el tiempo, me fui dando cuenta de que, en ocasiones, era capaz de tomar el control del perro, y obligarle a hacer lo que yo deseara. Eran sólo momentos breves y puntuales, pero que con el paso del tiempo se iban haciendo cada vez más constantes y duraderos, hasta que llegué al punto de poder controlarlo a placer, cuando quisiera y durante el tiempo que deseara. Fue entonces cuando me marqué un claro objetivo: venganza.

Desde mi despertar en el interior (por así decirlo) del san bernardo hasta llegar a poder manejarlo a mi antojo, pasarían cerca de cuatro o cinco meses. No es fácil calcular el paso del tiempo cuando eres un ser para el que dicho paso del tiempo no tiene significado alguno. Durante estos meses, mi esposa fue consciente del comportamiento cada vez más extraño del perro. Espiando las conversaciones con su (ahora a tiempo completo) amante, averigüé que había decidido deshacerse del pobre animal. Teniendo en cuenta sus antecedentes, supuse que no se limitaría a dejarlo en una perrera o a abandonarlo en el monte o en una solitaria carretera a las afueras de la ciudad, así que decidí que había llegado el momento de entrar en acción y ejecutar mi plan de venganza.

Mi esposa no pudo reaccionar cuando, aquella mañana, el enorme san bernardo se le echó encima. Una mole de noventa kilos era demasiado para ella. Una vez derribada con la fuerza bruta del animal, no fue muy difícil alcanzarle el cuello y pegarle un buen mordisco en la yugular. Para mi sorpresa, apenas tardó unos segundos en morir, prácticamente en silencio (excepto por el agobiante gorgoteo de la sangre desbordándose por el cuello parcialmente rebanado). Su amante, ese estúpido agente de bolsa al que no soporté en vida, y menos aún después de morir, salió de la ducha (donde había estado ajeno a lo ocurrido con mi esposa) un par de minutos más tarde, y entró en la habitación silbando una canción sacada de algún anuncio de televisión. Me alegré enormemente de que se presentara completamente desnudo, porque me dio la oportunidad de hacer algo que deseaba con todas mis ganas: arrancarle los genitales de un violento mordisco. Así lo hice (así lo hizo el perro), y el tío se tiró como cinco o seis minutos gritando como un descosido, mientras se desangraba poco a poco, revolviéndose por el suelo, sin poder levantarse, al lado de mi esposa ya muerta. Al final, me cansé y le rematé con otro mordisco en el cuello.

Hasta aquí lo fácil, aunque no lo parezca. Lo complicado fue devorarlos. Cuando yo fui asesinado, al perro le ofrecieron mis restos ya troceados, pero en esta ocasión tuve que obligar al pobre *Kumo* a desgarrar la carne y machacar los huesos, como si se tratara de un lobo salvaje devorando a un par de ovejas cazadas por la noche. Tardé casi una semana (o lo que me pareció una semana) en dar buena cuenta de los dos. Justo cuando engullía el último de los restos, apareció la policía en la casa, alertada por la ausencia y falta de respuesta de mi esposa y su amante durante esos días. Los agentes se encontraron con un panorama desolador: una habitación llena de sangre reseca y pequeños restos de hueso y carne, junto a un enorme san bernardo, con la cara manchada sospechosamente de rojo, pero que les miraba dulcemente.

Como no quería que el pobre *Kumo* sufriera ningún daño, y como realmente ya no tenía dueño alguno, decidí que era buen momento para otorgarle la libertad. El perro echó a correr, derribando a los boquiabiertos agentes de policía que, estoy seguro, jamás darán con él. Seguro que la historia de *Kumo* da para muchos relatos más, pero no es éste el momento para ello.

Mi venganza no terminó al matar y devorar a mi traidora esposa y su estúpido amante, ni mucho menos. En realidad, ese era el paso necesario, para poder llevar a cabo una venganza como Dios manda. Al igual que me ocurrió a mí, ambos (sus almas, esencias, espíritus o lo que sea) tienen que acabar apareciendo también dentro del animal, sólo que esta vez habrá alguien esperándoles...

Hmmm, debo dejaros, creo que tengo visita. Mi esposa y su amante me van a acompañar un tiempo aquí, en el interior del san bernardo, donde naaaaaaaadie nos molestará. Y les he preparado una bonita fiesta de bienvenida...

PANDEMIA (I)

Cuando comenzaron los primeros casos de fallecidos a causa de aquella desconocida enfermedad -aquella especie de gripe agresiva-, ya era demasiado tarde. El virus llevaba años infectando lenta y silenciosamente a toda la humanidad. La pandemia había comenzado, y no pararía, nadie podría detenerla, hasta acabar con el último ser humano sobre la faz de la Tierra.

PANDEMIA (II)

Por fin vamos a acabar con este maldito virus que ha asolado a la humanidad. Por fin vamos a erradicar esta sangrienta enfermedad mortal, esta horrible gripe mutada y extremadamente agresiva que ha provocado la pandemia definitiva. Por fin vamos a terminar con este cruel némesis del ser humano, que se ha cebado en todos por igual, sin distinción de raza, sexo o edad. Por fin vamos a acabar con nuestro enemigo más letal, sin vivir subyugados a los designios de una pequeña cadena de ARN que nos ha esquilmado sin pasión ni perdón.

Por fin esta atroz pesadilla llegará a su fin...

Pero no habrá un nuevo y alegre despertar. No habrá gritos de júbilo ni alegría. No podremos gritar de nuevo libertad ni levantar la cabeza de nuevo orgullosos. No habrá un nuevo renacer...

Soy el último espécimen vivo del ser humano. Estoy infectado, y no hay, ni habrá, un remedio eficaz contra esta enfermedad. Me quedan apenas unas pocas horas de vida, y no serán agradables. Cuando todo acabe definitivamente, la humanidad habrá llegado a su temido final, pero también lo hará, por fin, este maldito virus asesino que no ha podido, o no ha querido, mutar para infectar a otras especies. Quizás su único objetivo era acabar con el ser humano y, una vez cumplida su función, desaparecer junto a su víctima.

Al final, nuestro legado no pasará de ser poco más que sombras y recuerdos de nuestro efímero paso por este universo aún tan desconocido.

Un legado que el tiempo, inmutable, borrará poco a poco, inexorablemente, para no dejar rastro alguno de nuestra pretenciosa pero finalmente absurda existencia.

TERCER ASALTO

Giancarlo era un boxeador veterano, un auténtico trabajador del ring. Sin llegar a ser nunca un gran campeón, sus momentos más brillantes ya hacía tiempo que se habían esfumado, pero era capaz de dar guerra a cualquier rival. Hacía meses que venía valorando la posibilidad de retirarse definitivamente, pero antes quería volver a dar un campanazo en el cuadrilátero. Esa oportunidad se le había presentado por fin, casi de casualidad: un ex-campeón estatal, agobiado por las deudas y las aficiones insanas, estaba dispuesto a medirse a Giancarlo en un combate a doce asaltos. Uno buscaría el dinero que necesitaba. El otro pretendería reencontrarse con un momento de gloria sobre el ring. El combate había conseguido además levantar la suficiente expectación como para colgar el cartel de *completo*, e incluso iba a ser retransmitido por una cadena de televisión.

Giancarlo estaba realmente emocionado, aunque no nervioso. El hecho de que visitara a una echadora de cartas, apenas unas horas antes del combate, respondía únicamente a una vieja costumbre que heredó de su abuela. Durante sus mejores años como profesional no hubo combate en el que previamente no hubiera consultado la suerte del tarot. Las respuestas abiertamente ambiguas de las pitonisas y brujos, de alguna manera, conseguían imbuirle confianza en el posterior combate. Abandonó esta costumbre tras su primera gran decepción en el ring, cuando en una ocasión acabó tirado en la lona, completamente inconsciente, en un combate en que le habían asegurado la victoria (y con el que podría haber tenido opciones reales de acceder a un título de campeón, ocasión que ya no se volvería a repetir en su dilatada carrera). Ese fracaso profesional se vio unido además a su mayor decepción a nivel personal, con un doloroso y ruinoso divorcio, a pesar de que las cartas le habían augurado también una bien avenida familia numerosa (que debió perderse en el limbo de los imposibles).

La decisión de acudir nuevamente a una echadora de cartas había surgido de forma natural, como si no hubiera otra opción. Ni siquiera fue consciente de los años que habían pasado desde la última vez. Casi sin pensarlo, Giancarlo se encontró ante aquella estrafalaria mujer de ojos saltones tras unas viejas gafas de concha, y de un imposible cabello rizado. Una vez ante ella, Giancarlo fue directo, sin preámbulos:

—Soy boxeador –dijo–. En unas horas tengo un combate y quiero saber qué me depara el futuro. Qué dicen las cartas.

La mujer barajó y cedió las cartas a Giancarlo, para que éste realizara el corte. A continuación, comenzó a sacar una carta tras otra...

—Las cartas no son propicias para ti –dijo la pitonisa, poniendo mala cara.

—¿Voy a perder el combate?

—No sé si vas a ganar o perder, sólo que las cartas indican que este combate no va a ser bueno para ti –insistió la bruja–. Tal vez deberías pensar en no presentarte...

—¡Jamás! –se encolerizó Giancarlo–. Eso nunca.

—Yo sólo te digo lo que veo en las cartas.

71

—Quiero algo más concreto.

—En realidad, quieres mejores noticias –respondió la mujer, sin perder la compostura a pesar del enfado del boxeador–, pero no voy a mentirte con respecto a lo que me dicen las cartas...

—Necesito algo más concreto –insistió Giancarlo, y algo en su mirada convenció a la pitonisa.

—Haré lo que pueda.

Volvió a barajar las cartas, esta vez de forma diferente, y las volvió a plantar sobre la mesa de madera, formando un dibujo distinto al anterior. Se quedó silenciosamente pensativa.

—¿Y bien? –preguntó Giancarlo, sin poder ocultar su ansia.

—Quieres que concrete –respondió la bruja, aún más seria–, y lo único que puedo decirte es un número: el tres.

—¿El tres?

—Eso es.

—Pero, ¿qué significado tiene ese tres? –preguntó Giancarlo, desconcertado–. ¿A qué se refiere? ¿Se refiere al tercer asalto?

—Eso eres tú quien debe averiguarlo –contestó ella, recogiendo la baraja y dando por finalizada la sesión–. Pero recuerda que es malo para ti.

Unas pocas horas después la campana dio comienzo al combate, y Giancarlo se lanzó sobre su rival con una furia y un ansia inusuales y descontroladas, golpeándole continuamente y sin perder ni una décima de segundo. Parecía tener prisa por derrotarle lo antes posible pero, sin embargo, su contrincante aguantó bastante bien el envite. La campana que indicaba el final del primer asalto sonó mucho antes de lo que Giancarlo esperaba y se marchó a su rincón estando aún acelerado. La bronca de su entrenador fue considerable, ante el espectáculo que había dado. Le pidió, le exigió más bien, que se relajara y se tomara el combate con más calma, pues la victoria estaba en sus manos, pero ese ritmo acelerado lo único que haría sería cansarle demasiado pronto.

—¿Por qué has comenzado con este ritmo? –le preguntó el entrenador, finalmente.

—Debo derrotarle antes del tercer asalto –contestó un ensimismado Giancarlo, quien apenas había hecho caso a la arenga de su entrenador–. El tercer asalto es malo...

El entrenador se quedó boquiabierto ante la respuesta de su pupilo pero, sin tiempo de replicarle, la campana volvió a sonar, dando comienzo al segundo asalto.

Giancarlo volvió a mostrarse excesivamente alocado en sus movimientos, sin pensar en una estrategia de desgaste del rival, a largo plazo, sino intentando acabar con él al instante. En su cabeza sólo regía un pensamiento: acabar antes de que diera comienzo el siguiente asalto. Las palabras de la pitonisa le habían convencido de que si no derrotaba a su contrincante antes de comenzar el tercer asalto, su contrincante le noquearía entonces. Cerca del final del segundo asalto, Giancarlo soltó un potente derechazo que tumbó al ex-campeón en la lona y pensó entonces que lo había logrado, pero en lugar de sentir la felicidad de rememorar sus tiempos de gloria (pues tal era el objetivo inicial que se había planteado con este combate), sólo sintió el alivio de haber logrado superar el vaticinio de las cartas de tarot.

Mas la alegría duró poco, y se desvaneció completamente cuando su oponente se irguió nuevamente en el ring, levantándose antes de que la cuenta del árbitro llegara siquiera a la mitad. Poco después, el segundo asalto terminó, y Giancarlo se dirigió de nuevo a su rincón, esta vez cabizbajo y pensativo. La nueva bronca del entrenador cayó igualmente en saco roto, pues Giancarlo estaba enfrascado en sus propios pensamientos. Y así llegó el tercer ¿y definitivo? asalto.

Sonó la campana y Giancarlo se puso en pie, convencido de que su derrota llegaría de un momento a otro, de que caería derrotado en ese tercer asalto. Ese instante de indecisión lo aprovechó su rival para atacarle con potentes y colocados golpes y, casi sin darse cuenta, Giancarlo se vio tirado en la lona, medio aturdido, oyendo cómo comenzaba la cuenta del árbitro. Pensó en quedarse como estaba, en el suelo, dejando marchar el combate. Pero enseguida comprendió que eso sería una terrible estupidez. No podía dejar que las palabras de una echadora de cartas le privaran de un éxito que estaba en sus manos. Sí, estaba en el tercer asalto, ¿y qué? Él podía ganar aquel combate, y lo iba a hacer. Se levantó con una energía renovada, y el árbitro reanudó el combate. Giancarlo peleó entonces como en sus mejores épocas: con la fuerza, colocación y precisión adecuadas. Vio la oportunidad y la aprovechó. Un hueco en la defensa de su oponente tras un duro castigo. Un gancho de izquierda en el momento y el punto exacto. El ex-campeón volvía a pisar la lona, y esta vez parecía incapaz de levantarse. La cuenta del árbitro llegó irremisiblemente hasta diez, y el combate llegó a su fin, cuando aún no había acabado siquiera el tercer asalto. Giancarlo era el vencedor. Levantó los brazos en alto y gritó de alegría. Un instante después, se desplomó al suelo, completamente desvanecido. Su corazón había dejado de latir, debido a la tensión a la que le había sometido en las últimas horas, y al sobreesfuerzo realizado durante el combate.

REGRESO A CASA

Querida familia,

El motivo de esta misiva es comunicaros nuestra decisión de regresar a casa de inmediato. Sé que os agradará saber esto, pues sin duda estabais convencidos de que pasaría mucho más tiempo sin que pudiéramos vernos, y es que, en un principio, estaba previsto que la misión fuera a durar mucho más tiempo de lo que nos ha llevado. Pero es que lo que hemos encontrado aquí, en nuestro lejano destino, nos ha hecho cambiar de idea, y dar por fracasada la misión. He de advertiros de que quizás vuestra sonrisa se os borre en parte cuando me veáis de vuelta en el hogar, a pesar de la felicidad que ello os debería provocar, pues me veréis alicaído y con el semblante triste. Si notáis incluso el temor en mi mirada, que tampoco os extrañe. Seguramente necesitaré algo de terapia una vez que regrese. Y todo ello por culpa de lo que hemos visto aquí.

Este planeta al que hemos llegado es, al contrario de lo que creíamos, totalmente inhabitable para nosotros. Su atmósfera y condiciones geofísicas parecen adecuadas, tal y como estimaron nuestros científicos, pero, al contrario de lo que pensábamos, está habitado. Los seres que habitan este planeta (la especie dominante) son unas criaturas extremadamente feroces y peligrosas. Su agresividad es brutal y cualquier acercamiento a ellos parece del todo inviable. No parecen ser seres especialmente racionales, a pesar de que puntualmente denotan un cierto

76

nivel de inteligencia, y establecer cualquier tipo de contacto o comunicación con ellos nos lleva a un punto muerto. Son seres, como ya os he comentado, tremendamente feroces que incluso continuamente se enfrentan entre sí, destruyéndose entre ellos y, en consecuencia, destrozando su propio hábitat. De hecho, su propio planeta parece estar en peligro por su culpa. Ni siquiera hemos valorado la posibilidad de establecer una colonia allí, y la idea de una potencial conquista del planeta mediante el uso de la fuerza nos llevaría a una contienda que acabaría con nuestros recursos y no nos garantizaría el éxito.

Por lo tanto, hemos tomado la decisión de regresar a casa, a la espera de que alguna de las otras expediciones tenga más suerte que nosotros y dé por fin con un nuevo planeta en el que poder reconstruir nuestra civilización. Nosotros abandonamos ya este sistema estelar cuyo tercer planeta, de brillante color azul, y cuyos habitantes denominan Tierra, nos hizo albergar falsas esperanzas y pensar equivocadamente que la vida prosperaría fértilmente en él.

Con cariño,

Er-Ui, Comandante de la Flota "Búsqueda III"

EL DADO DE COLORES

[Publicado en "Hijos de la pólvora" de *Latin Heritage Foundation*, como uno de los relatos participantes en el 'Primer Concurso Internacional de Relato Latin Heritage Foundation' (abril de 2011)]

Ho... hola.

Hola.

¡Hola! ¿Hay alguien ahí?

Por favor, que alguien me conteste.

...

Estoy solo.

Solo...

El muchacho avanzó tanteando en la oscuridad. No veía absolutamente nada, pues todo era negro, y no sabía dónde se encontraba. Su último recuerdo era un asiento de ventanilla en un Boeing, sobrevolando el océano Atlántico, entre las nubes. En su mente aún podía ver cómo, de repente, el cielo azul se convertía en un manto negro que engullía al avión. ¿Qué había ocurrido? Él no lo sabía, o no era capaz de recordarlo. ¿Dónde estaba ahora? Era imposible saberlo.

Extendió las manos a su alrededor, intentando encontrar algo en la negrura. Nada. Obviamente ya no estaba en el avión, sino en un espacio más amplio, mucho más amplio. No percibía ningún sonido y el aire, muy fresco, estaba en completo reposo, no soplaba la más ligera brisa. Su voz sonaba seca, sin rastro de eco, lo que le daba una leve sensación de claustrofobia; podría tratarse de un lugar cerrado. Pero el suelo estaba embarrado, como si hubiese llovido tan sólo unos instantes antes. Era sólo barro, sin rastro de vegetación alguna, por lo que pensó que quizás estaba en una cueva. Tras el desconcierto inicial, y todavía a oscuras, decidió andar, despacio, sin saber por dónde iba, convenciéndose a sí mismo de que tarde o temprano se toparía con algo o alguien.

Anduvo y anduvo durante horas, aunque le parecieron días, y todo el rato igual. La oscuridad era su única compañera de viaje. Una oscuridad total, que le impedía ver. Llegó a pensar que el avión en que viajaba se había estrellado y él había muerto, y ahora se encontraba en el infierno, condenado a andar a oscuras, sin rumbo fijo, por toda la eternidad. ¿Y qué pecado había cometido para merecer tal castigo? Pues el muchacho había robado. Tan sólo en una ocasión, pero lo suficiente para hacerse rico, a costa de otra persona.

El muchacho no dejaba de pensar en una cosa: el dado de colores. Tan sólo unos meses atrás se había lanzado al mercado un juego de mesa que se acabó vendiendo como rosquillas. Fue un bombazo, a pesar de que en apariencia era un juego más. El elemento central era un dado en el que la tradicional numeración (del 1 al 6) se había sustituido por colores. De ahí el nombre del juego: "El dado de colores". El caso es que el juego arrasó en cuestión de ventas, generando unos beneficios astronómicos. Quien figuraba como creador del juego era el muchacho, que prácticamente de la noche a la mañana, se había convertido en un as de los negocios. Efectivamente, fue el muchacho quien lanzó el producto al mercado, pero no fue él quien lo creó, aunque así hizo que figurara. En realidad la idea había partido de un viejo amigo suyo. Éste recurrió al muchacho para poder comercializar el juego, compartiendo posteriormente los beneficios. Pero él prefirió quedarse con todo el mérito, y todo el dinero, y a su viejo amigo le dio una patada en el trasero. En ningún momento sintió el más mínimo remordimiento, ni siquiera cuando se enteró del suicidio de su amigo, y llevaba semanas viviendo a lo grande, disfrutando de la vida como nunca antes pudo hacerlo. Pero ahora se encontraba en medio de la nada, tal vez pagando por su pecado.

Las horas avanzaban y poco a poco otras sensaciones empezaban a apoderarse de él: el hambre comenzaba a picarle en el estómago, y la sed arañaba su garganta cada vez con más ansia. Aún no había muerto, claro, pero tal vez le faltase poco para ello. El cansancio hacía mella en él, pero no podía parar, no debía parar, pues seguía autoconvenciéndose de que tarde o temprano tendría que encontrar algo diferente al barro y la oscuridad; además, si paraba, quizás ya no tuviera fuerzas ni ánimo para continuar ese viaje a ninguna parte. De vez en cuando gritaba, pero la esperanza de recibir una respuesta iba disminuyendo con cada intento.

Finalmente se detuvo. No quería hacerlo, pero ya no podía más. Había caminado durante horas y no había encontrado nada. Se tumbó en el barro y cerró los ojos. Un rato después los abrió y un par de lágrimas gemelas bajaron por sus mejillas. Iba a morir allí, en ninguna parte, sin saber dónde estaba ni qué había ocurrido.

—Es el fin —dijo entre sollozos—. Ya no puedo más.

—Aguanta un poco más.

El muchacho se quedó petrificado, incapaz de reaccionar durante unos segundos. ¿Quién había dicho eso? ¿De dónde procedía aquella voz? A su alrededor todo seguía a oscuras pero, de repente, notó una cálida brisa en la nuca y se le erizaron todos los pelos del cuerpo. Más que brisa parecía el aliento de una persona, o quizás de un animal. Se giró lentamente, aún sin ver nada, y notó cómo una especie de gigantesca lengua invisible le lamía la cara suavemente, recorriéndola de abajo a arriba, cubriendo con su espesa saliva hasta el más recóndito ángulo de su rostro. Era una sensación repugnante, pero a la vez macabramente placentera.

El muchacho, tembloroso, se echó hacia atrás y, muerto de miedo, quiso gritar con todas sus ganas, pero su garganta no produjo ningún sonido. Intentó levantarse y correr, pero ningún músculo le respondía ya. Se había quedado paralizado, incapaz de reaccionar. Su corazón latía al límite, a punto de explotar, y jadeaba, respirando entrecortadamente.

—¡¡¡Corre!!!

Era la misma voz de antes, grave aunque dulce, y pareció darle la fuerza que le faltaba. Se levantó lo más rápido que pudo, tembloroso y desconcertado, y echó a correr a través de la oscuridad, sin saber a dónde iba. Ni siquiera era consciente de si retrocedía por donde había venido, o si avanzaba en la misma dirección que antes.

Unos minutos después se detuvo, mirando inútilmente hacia atrás, pues nada podía ver. Estaba extenuado y necesitaba un respiro. Se limpió la cara, cubierta de barro y de la repugnante baba, y notó que tenía la entrepierna húmeda y caliente. Se dio cuenta de que se había meado encima, y comenzó a marearse. Se inclinó y vomitó hasta la última gota de bilis. Se encontraba terriblemente mal y le dolía todo el cuerpo. Ya no tenía fuerzas ni ganas de seguir huyendo y se dejó caer sobre el barro y el vómito, cerrando los ojos, intentando desconectar de todo aquello. *Esto es un sueño*, pensó, *tiene que serlo, Dios. Una horrible pesadilla, sí, sólo una horrible pesadilla...* El muchacho sólo deseaba descansar. Quería dormir tranquilamente y despertar de aquella locura. Pero oyó de nuevo la extraña voz, y regresó a la cruda realidad:

—Mira al frente.

—¿Qué? –preguntó el muchacho, desconcertado. Ni siquiera estaba seguro de haber oído la voz. Tal vez su propio cerebro le estuviese engañando.

Pero la voz repitió las mismas palabras, y el muchacho decidió incorporarse. Al levantar la vista, se quedó una vez más paralizado. A lo lejos podía verse un pequeño punto de luz blanca.

¿De dónde había salido esa luz? ¿Había estado todo el tiempo allí? El muchacho echó a correr hacia ella, olvidándose de su cansancio, de la gigantesca lengua y de la extraña voz; tan sólo quería llegar a la luz. No quería pensar en lo irracional de toda aquella situación. Estuviese donde estuviese, ocurrían cosas muy extrañas y fuera de toda lógica, pero lo único que él deseaba era llegar a la luz. La luz significaba salida. Tenía que ser así. Pero... ¿la salida de qué lugar? ¿y hacia adónde? Ni siquiera se lo planteó, simplemente echó a correr.

De nuevo le pareció avanzar durante una eternidad. Sus músculos apenas le respondían y era incapaz de correr siquiera al trote, andaba cada vez más lentamente y su desconcierto iba en aumento: a veces parecía tener la luz muy cerca, e instantes después parecía alejarse hasta su posición original. El muchacho casi deliraba y empezó a pensar que la luz estaba jugando con él, dejando que se acercara bastante, para luego alejarse rápida aunque imperceptiblemente.

Finalmente, hastiado, el muchacho se paró. Miró hacia la luz, como intentando retarla a un duelo. *¡Que te jodan!*, gritó, y una vez más se dejó caer. Arrodillado en el barro, cerró los ojos e intentó despejar su mente, mientras notaba cómo deceleraban los latidos de su agitado corazón. Y de nuevo escuchó aquella voz:

—Por fin has llegado.

¿Cómo que había llegado? El muchacho abrió los ojos y le inundó una increíble claridad. La luz le cegó como si le apuntaran con millones de potentísimos focos, desde todos los rincones posibles. Una vez más estaba desconcertado, incapaz de pensar con claridad y sin saber qué estaba ocurriendo.

Poco a poco sus ojos se fueron acostumbrando a tanta claridad. Estaba en un inmenso espacio abierto, en una infinita explanada, cubierta de barro. Intentó localizar el sol, o la fuente de tanta luz, pero parecía ser todo el cielo, de un azul muy pálido y muy brillante, el que desprendía tanta luminosidad. No había sol ni nubes ni nada de nada.

El muchacho, cada vez más perdido, miró a su alrededor, intentando encontrar algo diferente. Un río. Oía claramente el ruido del agua que corría. Un río. Tenía que ser un río. Mejor dicho, un riachuelo. A su derecha podía ver un pequeño torrente de agua cristalina. No se lo pensó dos veces y se abalanzó hacia él. Tenía una sed de muerte.

El agua, muy limpia y clara, estaba fresca, casi helada, y el muchacho bebió y bebió hasta saciarse. Se introdujo en el riachuelo, que no le cubriría por encima de la rodilla, y se lavó como bien pudo, con ropa incluida. Si unos minutos antes pensaba que estaba en el infierno, ahora creía encontrarse en el paraíso. Le costaba pensar racionalmente. No sabía dónde estaba ni cómo había llegado a aquel extraño lugar, fuese lo que fuese, pero sí sabía que quería escapar, salir de allí. Quería seguir viviendo. Decidió avanzar en el sentido que llevaba el riachuelo, pensando que tarde o temprano desembocaría en algún sitio.

De nuevo estuvo andando durante horas, sin la más mínima novedad. El riachuelo corría en una línea recta perfecta, sin formar una sola curva en ningún momento. El muchacho también observó que en el lecho del riachuelo tan sólo había barro, como en toda esa inmensa explanada, sin rastro de vegetación ni animales. Ni siquiera había piedras.

De nuevo pensaba en su vida. La vida que tenía antes de llegar a este mundo ilógico y loco, una vida que le parecía muy lejana, como un sueño borroso. Pero también le parecía lejana la oscuridad, con aquella extraña voz, y el incidente con esa especie de gigantesca lengua babeante. Ahora, con la sed ya vencida, era el hambre lo que le estaba devorando. También había notado que la temperatura estaba aumentando poco a poco, hasta empezar a hacerse insoportable, obligándole a remojarse continuamente en el riachuelo.

De repente, empezó a soplar el viento, muy fuerte, y sin previo aviso, y amenazaba con derribarlo de un momento a otro. No tenía dónde sujetarse y finalmente el viento acabó por abatirlo. El muchacho cayó sobre el riachuelo y volvió a empaparse pero ahora ya no era agua lo que transportaba el torrente, sino un líquido rojo y espeso. Sin duda era sangre. Y el riachuelo comenzaba a crecer poco a poco, hasta convertirse en todo un río de sangre, cada vez más grande y caudaloso. El viento levantaba olas que arrastraban al muchacho, que había dejado de hacer pie. Intentaba nadar hacia la orilla pero ésta cada vez se alejaba más. La corriente lo arrastraba y se mantenía a flote con dificultad. Notaba en su boca el sabor metálico y dulzón de la sangre y notaba cómo la pánico le recorría por todo el cuerpo. Lo veía todo rojo. En un momento dado, una enorme ola se lo llevó por delante, dejándolo inconsciente.

Cuando el muchacho volvió a abrir los ojos, el paisaje había vuelto a cambiar. Cada vez le sorprendían menos estos cambios de escenario. Ahora ya no había viento, todo estaba en calma, pero cubierto de una espesa niebla, que apenas ofrecía visibilidad a unos pocos centímetros. Estaba empapado de sangre, y agotado. También notó que ya no había barro. Tocó el suelo y le apreció que era asfalto, como el de una carretera. Tampoco había riachuelo, ni río. Ya no se oía el correr del agua (o de la sangre). Estaba todo en silencio, pero en cuanto se puso de pie y avanzó unos pasos, empezó a oír unos escalofriantes sonidos, similares a murmullos y risitas agudas. Tenía la impresión de estar siendo observado por miles de ojos, pero miraba a su alrededor y sólo veía niebla. Se estaba poniendo muy nervioso.

—¿Quién anda ahí? –gritó, asustado.

Las risitas y los murmullos cesaron de inmediato. Durante unos segundos todo estuvo en completo silencio, pero poco a poco empezó a oír de nuevo aquellos sonidos, ahora acompañados de siniestros susurros:

Ven... ven... ven... ven... ven... ven...

Miles de voces, tanto agudas como graves, pero completamente inhumanas, habían empezado a susurrarle. Todas decían lo mismo. *Ven.* Todas le llamaban. *Ven.* Algunas sonaban lejos, pero otras parecían surgir a unos pocos centímetros.

Ven... ven... ven... ven... ven... ven...

El muchacho echó a correr, muerto de miedo, de nuevo sin saber ni ver hacia dónde se dirigía. Mientras corría, notaba cómo le tocaban en los brazos y en las piernas, como si cientos de pequeñas manos intentasen cogerle. Los susurros aumentaban en número e intensidad, y provenían de todos los sitios, pero el muchacho sólo veía niebla. De repente tropezó con algo y cayó de bruces al suelo. Intentó incorporarse, pero notó cómo le sujetaban fuertemente los brazos. Los susurros se apagaron y empezó a despejarse la niebla, formando como un camino delante de él. Un camino flanqueado por dos interminables muros de espesa niebla. Las voces volvieron, ahora con mucha más fuerza, y ya no susurraban, sino que gritaban. Eran gritos inhumanos y repletos de locura y rabia, y ya no decían *ven* sino *corre*. Notó cómo le liberaban los brazos y alguien (o algo) le empujó hacia delante.

Corre... corre... corre... corre... corre... corre...

Oyó un tremendo rugido detrás de él, y el sonido de unas fuertes pisadas que se le acercaban. Alguien (o algo) iba hacia él, seguramente no con buenas intenciones, y entonces se dio cuenta que debía intentar escapar por el camino que se había abierto entre la niebla. Tenía la impresión de ser la víctima de un macabro juego ante miles de espectadores locos (e inhumanos, de eso ya no tenía la menos duda) que gritaban a coro.

Corre... corre... corre... corre... corre... corre...

El muchacho echó a correr sin esperar a ver quién o qué le perseguía y se dio cuenta de que el camino se cerraba a sus espaldas. Miraba hacia atrás y sólo veía niebla. ¿Cuánta distancia habría entre su perseguidor y él? No podía saberlo, tan sólo limitarse a correr lo más rápido posible, mientras los gritos le volvían loco.

Corre... corre... corre... corre... corre... corre...

El rugido cada vez sonaba más cerca, al igual que las tremendas pisadas, que hacían retumbar el suelo. Por más que miraba hacia atrás, el muchacho sólo veía niebla, y la desesperación empezaba a consumirle. Se tropezaba y se levantaba al instante, y cada vez notaba más cerca de su perseguidor. Cuando de vez en cuando rozaba la niebla que tenía a los lados, notaba unas punzadas de dolor, como si le clavasen cientos de pequeñas agujas, por lo que sólo podía correr hacia delante, por el camino abierto entre la niebla. Corrió y corrió hasta que llegó al aparente final del camino. Delante de él volvía a haber sólo niebla. No tenía más remedio que volver a introducirse en la espesura, esperando no recibir las punzadas de dolor, y seguir corriendo a ciegas, porque ya notaba a su perseguidor a apenas unos centímetros de su espalda. Atravesó la niebla, cerrando los ojos con fuerza, esperando cualquier golpe, y siguió avanzando. Cuando abrió los ojos, se topó de frente con una pared.

La niebla había desaparecido totalmente y ahora se encontraba en una especie de habitación de unos 30 metros cuadrados, en forma de cubo. Las paredes, así como el techo y el suelo, tenían una superficie suave y plateada, y muy consistente, como pudo comprobar el muchacho mediante una serie de golpes. La habitación estaba iluminada, a pesar de la ausencia de cualquier fuente de luz, y dentro sólo se encontraba el muchacho. No había ningún tipo de mueble u objeto. Ya no le perseguía nadie ni nada, ni se oían gritos o susurros. Tampoco había puertas o ventanas, por lo que parecía estar encerrado.

Entonces regresó la voz. La voz dulce y grave que le había estado guiando:

—Elige un color y tira el dado.

La locura estaba a punto de estallar en el muchacho. Las últimas horas estaban siendo completamente indescriptibles y espeluznantemente ilógicas. Observó que a sus pies había un dado, un pequeño cubo del tamaño de una manzana, con las caras pintadas de colores: rojo, verde, azul, blanco, negro y amarillo. Lo cogió y pensó que se encontraba en una versión macabra de "El dado de colores", que tanto dinero le había aportado. Era una versión deformada del dado que se usaba en el juego; era algo más tosco y pesado, y muy desagradable al tacto. Una sonrisa se asomó a su rostro, así como la locura se le asomaba a la mente.

—Elige un color y tira el dado –repitió la voz grave.

—¿Por qué? –preguntó el muchacho, jugueteando nervioso con el dado. Pero la voz había vuelto a callar. El muchacho repitió la pregunta, lleno de furia y desconcierto, y esta vez si obtuvo respuesta:

—Si aciertas, vivirás.

—¿Y si fallo?

Silencio. Absoluto silencio.

—¿¡Y si fallo!? –repitió el muchacho, ya casi desquiciado.

Silencio. La voz grave ya no contestaba, pero el muchacho ya se imaginaba la respuesta. Agachó la cabeza y cerró los ojos con fuerza. Gritó *¡¡¡Verde!!!* y tiró el dado. No le dio más vueltas a la decisión. Estaba cansado y quería que todo aquello acabase cuanto antes, de una forma u otra. Tras unos breves giros, el dado se detuvo. La cara superior era verde.

—Has tenido suerte –dijo inmediatamente la voz grave–. Vivirás.

El muchacho quería preguntarle quién era, ¿Dios?, ¿el Demonio?; quería saber dónde estaba, qué había ocurrido. Tenía muchas preguntas sin respuesta, pero no tuvo tiempo para preguntar. Súbitamente, se desmayó.

—Despierte, por favor, ya hemos llegado.

—¿Quién coño eres? –gritó el muchacho.

—Soy una auxiliar de vuelo. Por favor, no grite, ya hemos llegado. Debe bajar del avión.

El muchacho, desconcertado, miraba a todos los lados. Estaba en un avión. ¡En su avión! El avión que había cogido... ¿cuánto tiempo hacía de eso? Tenía la sensación de que había ocurrido en otra vida. Delante de él, una hermosa chica le miraba con curiosidad, como si fuera un bicho raro. Poco a poco el muchacho fue volviendo a la razón. Por lo visto, se había pasado todo el viaje durmiendo y, sin duda, había tenido una extraña y horrible pesadilla. Aunque la sensación que tenía era de que todo había sido muy real. Aún estaba asustado, y le costaba pensar con claridad. Su ropa estaba limpia y seca, aunque desprendía un extraño olor. Se sentía muy cansado y notaba el pegajoso sudor por todo el cuerpo.

—Lo siento, yo... –dijo el muchacho, desabrochándose el cinturón de seguridad. Cogió sus cosas y se dirigió hacia la salida. Era el último viajero en abandonar el avión.

—Espere un momento –dijo un hombre, a su espalda.

El muchacho se giró. La voz le resultaba vagamente familiar, pero era la primera vez que veía a ese hombre. Era el piloto del avión.

—Se ha dejado algo –le dijo, y le dio una pequeña bolsa de plástico.

—No... se equivoca... esto no es mío –contestó el muchacho, titubeante.

—Oh, sí. Sí que lo es –respondió el piloto, mostrando una amplia sonrisa–. Se lo ha ganado con creces.

El muchacho, sorprendido y extrañado, cogió la bolsa y se dirigió al exterior, sin mirar el contenido. Le temblaba el pulso y quería salir de allí cuanto antes. Una sensación de estar siendo observado le estaba poniendo muy nervioso.

—Adiós –dijo, justo antes de abandonar el avión.

—Adiós no; hasta la vista –contestó el sonriente piloto–. Estoy seguro de que nos veremos muy pronto.

El muchacho le miró extrañado. ¿Qué había querido decir con eso? Y el caso es que la voz le era conocida, aunque no tenía ninguna duda de que era la primera vez que le veía. Supuso que mientras dormía durante el viaje, el piloto habría hablado a los pasajeros, y ahora su subconsciente reconocía aquella voz. Sonrió nerviosamente y siguió su camino con rapidez, sintiendo una gran agitación en su corazón. Quería alejarse de allí lo antes posible. Aún se sentía descolocado y angustiado. Rápidamente, recogió su equipaje y salió del aeropuerto volando. Apenas se detenía a pensar. Simplemente, quería huir de allí. Al poco rato, llamó a un taxi, se subió en él, e intentó calmarse. En poco más de media hora, podría disfrutar de un relajante baño en un lujoso hotel.

Al poco rato de estar viajando en el taxi, se dio cuenta de que no había comprobado el contenido de la bolsa que le había entregado el piloto. No sin recelo, la abrió y miró lo que contenía. En su interior había un pequeño cubo con las caras pintadas de diferentes colores: rojo, verde, azul, blanco, negro y amarillo. Al principio pensó que era uno de los dados que se usaban en "El dado de colores"; tal vez el piloto lo había reconocido y le había intentado gastar una especie de broma, pero enseguida se dio cuenta de que era diferente. No era uno de sus dados, sino el dado que había utilizado en la pesadilla. No había ninguna duda al respecto, lo recordaba perfectamente. Lo cogió, a pesar de las náuseas que le provocaba el simple hecho de tocarlo. El dado estaba sucio, tenía manchas rojizas, sin duda de sangre, y en la cara de color verde había algo escrito, también con sangre. Ponía lo siguiente:

Hasta la próxima partida.

El muchacho estaba a punto de volverse loco. No sabía si gritar, llorar o reír. Le pidió al taxista que parase, pero éste aceleró, cogiendo una velocidad vertiginosa, y comenzó a girar la cabeza hacia atrás, lentamente. El muchacho vio que la cara del taxista era la misma que la del piloto del avión, y que su sonrisa era cada vez más amplia y macabra. El muchacho estaba paralizado en su asiento, balbuceando, y muerto de miedo. El taxista seguía mirando hacia atrás, observándole, aunque era capaz de tomar las curvas sin problemas. De una forma obscena, guiñó un ojo al muchacho y exclamó:

—¿Preparado para otra partida?

EL NUEVO MIEMBRO DE LA SOCIEDAD

[Publicado en "Bocados sabrosos" de *ACEN*, como uno de los microrrelatos seleccionados en el 'I Concurso de Microrrelatos ACEN' (octubre de 2011)]

No le permitieron salir de allí. Como nuevo miembro de aquella extraña sociedad (aun sin haberlo deseado), debía respetar sus normas. Apenas hacía unas horas que le habían enterrado, y al resto de muertos del cementerio no les hacía gracia tener un rebelde un sus filas.

AMISTAD PERDIDA

[Publicado en "Supervivencia" de *Ediciones Fergutson*, como uno de los microrrelatos semifinalistas en el 'Certamen de Noviembre de 2009 – Edciones Fergutson' (febrero de 2010)]

Tan sólo era un crío, y ya han pasado más de cuarenta años desde entonces, pero aquél fue sin duda el mejor verano de mi vida. Hice un nuevo compañero de fatigas, quien se iba a convertir en mi mejor amigo, aunque le conocí un mes de julio y tuve que despedirme de él en agosto. Al año siguiente no regresó al pueblo y yo esperé un año más. Y otro... Y finalmente yo también dejé de veranear en aquel pequeño pueblo.

Hace unos pocos años, y quizás debido a una senilidad incipiente, me entró curiosidad por saber qué había sido de él, de saber quién era realmente. Me puse a investigar hasta que di, no sin cierta dificultad, con su identidad. Hoy me presento en su casa, sin ni siquiera saber si me recordará después de toda una vida.

—Al final me has encontrado –me dice nada más verme. La alegría de mi rostro contrasta, sin embargo, con su visible desolación.

—Llevo toda la vida buscándote –le digo–. A tu lado pasé el mejor verano de mi infancia.

—Yo llevo toda la vida evitándote –me contesta–. Fue el peor verano de la mía.

LAS OFRENDAS

[Tercer puesto en el 'Concurso de Relatos - El Dios de los Mutilados' de *Chsuticieros*]

El lugar se encontraba a las afueras de la ciudad, prácticamente en pleno monte. Se trataba de un enorme túmulo de tierra y piedra erigido sobre la tumba de un antiguo héroe ya olvidado. En su superficie rocosa podían distinguirse extraños símbolos tallados en tiempos inmemoriales. Estos símbolos estaban situados en torno a un dibujo central, a modo de centro gravitatorio, en el que se podía ver una especie de pulpo gigante y amorfo, en cuyos tentáculos sujetaba diversas extremidades y otras partes de la anatomía humana, aparentemente arrancadas de sus legítimos dueños. Aunque ya nadie sabía de cuándo databa tan espeluznante obra, los más viejos del lugar aún recordaban viejas historias que contaban cómo acudían a ella, a modo de peregrinación, los tullidos y los mutilados de las guerras antiguas. Con el tiempo, el asunto acabaría degenerando y quienes se plantaban ante el monolito, acababan automutilándose y presentando una sangrienta ofrenda, como si se encontraran ante un cruel dios. En poco tiempo, se creó la leyenda de que a quien fuera generoso con su ofrecimiento, recibiría sugerentes obsequios y agasajos por el resto de su vida, y que quien otorgara el mayor y más espléndido sacrificio, podría llegar incluso a convertirse en un nuevo dios.

Cierto día, se presentó un extranjero, atraído por la extraña historia. Antes que él, miles se habían cortado ya dedos y falanges, manos

95

y brazos, pies y piernas enteras. Algunos llegaron a arrancarse una oreja, otros se amputaron la nariz y hasta los labios, y hubo quien se atrevió a trincharse uno de sus ojos. Hablaban de mujeres que se cortaron sus generosos senos, y de hombres que se atrevieron a seccionarse su propio miembro viril... De ninguno se decía que hubiera conseguido el éxito en la vida. Al contrario, todavía podía verse alguno de aquellos desgraciados mendigando por las oscuras y sucias esquinas de la ciudad, con el cuerpo mutilado y la mente destrozada. Sin embargo, seguían acudiendo los temerarios, locos y ambiciosos sin escrúpulos, ante aquel monumento a la desdicha. El extranjero, situado ante el túmulo, dedicó varios minutos a pensar en sus antecesores. Ninguno había tenido tantas agallas como él. Su ofrenda no podría ser ignorada por aquel dios tan exigente y desalmado. Empuñó su espada y se cercenó a sí mismo la cabeza.

GEMELOS

—Ya tienes la cena preparada, querido hermano.

Los dos jóvenes, idénticos hermanos gemelos, se sentaron a cenar en silencio, uno a cada extremo de la alargada mesa.

—Mañana hablaremos sobre la herencia de nuestros difuntos padres –dijeron, y se fueron a la cama, cada uno por su lado, a sus respectivas habitaciones.

Uno de ellos se acostó, incómodo y con un creciente ardor de estómago. El otro no podía acostarse. Estaba nervioso y sonreía maliciosamente, frotándose las manos. Sabía que, en cuestión de pocos minutos, haría efecto el veneno que le había suministrado a su propio hermano, disuelto en la cena que él mismo le había preparado. A la mañana siguiente, tan sólo quedaría uno de los gemelos, él, para quedarse con toda la apetitosa herencia.

Los gritos y estertores de dolor fueron terribles, y duraron mucho más tiempo de lo que él había esperado, pero finalmente cesaron y dieron lugar a un impenetrable silencio. Acudió a la habitación de su hermano y comprobó que éste había fallecido. Apenas se inmutó ante la dantesca escena, pero regresó rápidamente a su propia habitación. Allí se encendió un cigarrillo y salió al balcón para fumar apaciblemente, su rito habitual de todas las noches, justo antes de acostarse. En cuanto pisó el firme de la terraza, se oyó un sonoro crujido y, de repente, ésta se desplomó al jardín, desde no menos de diez metros de altura.

A la mañana siguiente, la policía encontró a uno de los gemelos muerto entre los escombros de la terraza desplomada. Al otro, lo encontraron igualmente muerto en su propia cama, con un terrible rictus en el rostro, y aparentemente envenenado, pero con unos misteriosos restos de polvo de yeso bajo las uñas, como si el día anterior hubiese estado enfrascado en una frenética obra.

UN CHEF CONDENADAMENTE BUENO

¿Cuánto puede tardar el nuevo restaurante de la ciudad en convertirse en el más afamado y con la mayor lista de espera inimaginable? Eso mismo se preguntaba el señor Randolph, gerente de dicho restaurante. Apenas un año atrás, abría el local, lleno de ilusión y a la vez aterrado ante la incertidumbre de cómo funcionaría el negocio. Ahora se encontraba abrumado ante el enorme éxito del que disfrutaba, que digería no sin cierta dificultad. Su incomodidad se debía a que el éxito del restaurante no provenía directamente de sus propias manos, sino de las del chef que había contratado, por recomendación de su ex-mujer, a quien no supo (o quiso) retener a su lado, pero cuya opinión aún tenía en alta estima. Ella, por su parte, aún no había perdonado del todo las continuas infidelidades de su ex-marido, y la recomendación de aquel chef en concreto no había sido del todo gratuita...

Al poco de su apertura, la fama del restaurante comenzó a extenderse por la ciudad, y todo gracias a unos platos extrañamente exquisitos, una sucesión de sabores y texturas no encontrados anteriormente, unos aromas penetrantes e inusuales. Pronto, todo el mundo quería disfrutar de unos platos tan magníficos, únicos y exclusivos. Pero Randolph, a la vez que se frotaba los dedos por la magnífica marcha del negocio, no podía evitar sentir celos (y recelos) de su chef, un extraño polinesio de edad indeterminada, cuya fama superaba ya incluso la del propio del restaurante. De hecho, había rechazado ya varias suculentas ofertas de la competencia, y no había día en el que el gerente del local no esperara que le pidiera un aumento de sueldo, al que no podría negarse. Sin embargo, la única, aunque inusual, petición del chef era que quería ser él mismo el encargado de la provisión de carne para el restaurante. Una operación que, además, parecía querer llevar con el mayor secretismo y discreción posible. Y el caso era que la carne que traía y preparaba el chef era tan suculenta como misteriosa. A pesar de las objeciones del gerente, el polinesio había puesto esa condición innegociable. Además, la carne había conseguido superar sin problemas los diversos controles de calidad a los que había sido sometida, y no suponía riesgo alguno para la salud de los comensales.

Pero Randolph no se sentía cómodo con el éxito de su chef, y mucho menos con el secretismo en sus maneras y proceder. Lo que al principio sólo supuso una inesperada aunque fructífera fuente de ingresos, se había convertido, con el tiempo, en un enorme quebradero de cabeza para el gerente del restaurante. El negocio no podía marchar mejor y, sin embargo, él estaba intranquilo. Dispuesto a solucionar sus problemas, decidió averiguar, por sus propios medios, el origen de la magnífica y a la vez extraña carne que cocinaba su chef.

Todos los viernes por la mañana, el cocinero polinesio traía al restaurante, en su furgoneta, varios cientos de kilos de carne variada, ya troceada y lista para ir a la cocina. Los continuos intentos por parte de Randolph para conocer su origen habían sido infructuosos, al toparse con la enérgica negativa del chef. Éste, argumentando que ésa era la base de su éxito, se empeñaba en mantener el secreto. Al gerente tan sólo le quedaba una opción: seguir al polinesio un jueves por la noche, en secreto, cuando saliera del restaurante al finalizar la jornada...

El cocinero condujo su furgoneta cerca de una hora, hasta llegar a un viejo polígono industrial abandonado, a las afueras de la ciudad. Tras él, Randolph conducía su automóvil a una distancia prudencial, amparándose en la oscuridad de la noche y confiando en no ser descubierto. El polinesio entró en uno de los pabellones y un par de minutos después, le siguió el gerente del restaurante. Tal era su obsesión por desvelar el secreto que se cernía sobre el misterioso origen de la carne, que ni siquiera entró a valorar el hecho de que el chef había dejado abierta la puerta del pabellón.

El interior estaba a oscuras, pero un pequeño haz luminoso se escapaba por la rendija de una puerta cerrada, al otro extremo de la amplia estancia. Randolph se acercó a ella, lentamente y procurando no hacer ruido. Cuando alcanzó la puerta, ésta se abrió, aparentemente de forma automática. Al otro lado se encontró una pequeña salita con varias estanterías repletas de cuadernos, blocs de notas y diversos folios amarillentos llenos de garabatos y extraños símbolos. También observó diversos libros, todos de apariencia misteriosa y antigua, y tan ajados que algunos parecían estar a punto de deshacerse en polvo. La mayoría de los títulos estaban bien en latín, como un desgastado volumen de *De Vermis Mysteriis*, escrito por un tal Ludwig Prinn, o bien en incomprensibles símbolos que no había visto antes. Sobre una mesita reposaba otro de aquellos libros, el *Necronomicon*, escrito por Abdul Alhazred. En sus páginas abiertas mostraba símbolos incomprensibles y lo que Randolph dedujo que era una especie de ritual. Apenas rozó sus hojas con la punta de los dedos, y un desagradable cosquilleo le recorrió el cuerpo, haciéndole temblar. Asustado, Randolph se alejó del libro.

En la sala había otra puerta, entreabierta, y hacia ella se dirigió raudo el gerente, que empezaba a arrepentirse de haber ido hasta allí. Con cautela, se asomó, y en la nueva estancia, que parecía un sucio y destartalado matadero, salpicado por todas las esquinas de sangre a medio coagular y vísceras chorreantes, Randolph pudo ver al chef polinesio. Éste, que llevaba ropas viejas y sucias, y un enorme delantal empapado en sangre fresca, se encontraba de espaldas a la puerta, aparentemente ajeno a la presencia de su jefe, y parecía estar como en trance, de rodillas en el suelo ante unos extraños símbolos y dibujos realizados con tiza sobre el suelo de cemento. Estaba recitando una especie de cantinela monocorde y apenas perceptible. En su mano derecha empuñaba un enorme machete de carnicero, que brillaba afilado a pesar de la escasa luz de la sala, y en la izquierda sujetaba un gigantesco medallón profusamente tallado, y que balanceaba al ritmo del cántico.

Cuando cesó el conjuro, pues de eso se trataba y así lo había comprendido también Randolph, un profundo silencio se apoderó del lugar, y unos pocos segundos después, un fuerte y sordo fogonazo les cegó. Un instante después, de nuevo con la escasa iluminación normal, ante el chef polinesio, justo sobre los extraños símbolos dibujados en tiza, había aparecido un ser amorfo y asqueroso, una masa informe y biscosa de carne y tentáculos que se movía con cansina lentitud, respirando profundamente y emitiendo pequeños gruñidos guturales. Randolph, boquiabierto y con un fuerte tembleque en las rodillas, tuvo que sujetarse al marco de la puerta para no desfallecer ante tal monstruosa aberración. El chef, sin embargo, no pareció inmutarse lo más mínimo ante aquella aparición. Se levantó rápidamente y alzó el machete. Pronunció unas pocas palabras rituales y descargó con fuerza el instrumento, abriendo en canal a aquel desdichado e inimaginable ser, que empezó a convulsionarse violentamente, mientras se desangraba. El polinesio le descerrajó otro machetazo, con el que lo remató definitivamente. Después, el cocinero se giró, observando detenidamente a su jefe, que acababa de vomitar, presa del pánico y el asco a partes iguales, y a duras penas se mantenía en pie.

—Mañana prepararé unos platos exquisitos –dijo el chef, sonriendo. En sus manos sujetaba un trozo de carne ensangrentada, mostrándosela al pobre Randolph–. Para chuparse los dedos.

PI

El Profesor Jonathan Pi era un erudito de las matemáticas, y estaba obsesionado por el número Pi, por la absurda (e irracional, cómo no) coincidencia con su apellido. Dedicó la mayor parte de su vida al estudio de dicho número, en un intento por llegar más allá del simple conocimiento del mayor número posible de sus decimales, o de sus aplicaciones prácticas en ámbitos como la geometría o la estadística. Estaba convencido de que en Pi se encontraba la explicación del Universo. Su origen, su funcionamiento, su fin.

Durante décadas su avance en este sentido fue completamente nulo, y pasó por innumerables periodos de crisis, que le iban afectando física y mentalmente. Hubo un hecho de vital importancia: a pesar de haber sido un ateo convencido durante toda su vida, en cierto momento de su investigación creyó encontrar, a modo de clave escondida entre los decimales de Pi, un mensaje divino, una auténtica señal de Dios, una prueba real de su existencia, pero que trastocaba totalmente sus creencias, conocimientos y teorías. Fue algo que le hizo replantearse su futuro y a punto estuvo de cesar su investigación, pero el científico que había en su interior le hizo seguir adelante. A partir de entonces, no sólo pudo desechar aquella idea (en el fondo irracional) de la existencia de un dios todopoderoso creador del universo, sino que además empezó a descubrir ciertas claves en los decimales de Pi que, de alguna manera, definían al propio Universo. De hecho, el Profesor se preguntó si no habría sido el propio Universo quien le había puesto a prueba para ver si realmente era

104

digno de seguir avanzando en su conocimiento. Una idea irracional a todas luces, pero que se veía refrendada por los descubrimientos que empezaba a hacer: poco a poco, fue descubriendo diferentes claves escondidas entre los decimales de Pi que explicaban los diferentes aspectos de diferentes ciencias. Matemáticas, física, química, biología... todo parecía tener explicación en Pi.

El siguiente paso en su investigación era realizar una comprobación exhaustiva de lo que acababa (o creía acabar) de descubrir. Hizo miles y miles de pruebas y llegó a la conclusión de que sus datos eran perfectamente correctos: Pi ofrecía una explicación para todo aquello que se le exponía. Pero antes de presentar sus descubrimientos al estamento científico mundial, Jonathan Pi se propuso buscar no un conocimiento concreto sino un conocimiento global del Universo. No explicaciones concretas, sino la explicación global sobre el por qué y el cómo del Universo. Sabía que esa explicación se encontraba dentro de Pi. Y efectivamente, Pi le otorgó dicho conocimiento, perfecto y certero.

El Profesor Jonathan Pi murió de un fallo cardíaco, tras décadas de estudio sobre el número que llevaba su apellido. Siempre dejó bien claro que lo que él buscaba era un conocimiento mayor y más elevado sobre Pi, pero sin embargo apenas dejó acceso a sus estudios. *Cuando tenga algo que contar*, solía decir a menudo, *lo mostraré al mundo*. Tras su muerte, apenas se encontró documentación al respecto. Había evidencias de un minucioso estudio, pero todo parecía haber desaparecido de forma súbita. Tan sólo quedaba, como breve constancia de una larga vida dedicada a la investigación sobre Pi, un desolador mensaje, escrito apresuradamente sobre una raída hoja de papel: "La verdad está en Pi, y la verdad es que en realidad, no existe el Universo. No hay ninguna constancia de que exista Universo alguno".

LOS MUERTOS EN SUS TUMBAS

A medianoche, en el oscuro cementerio, todos los muertos se revolvieron en sus tumbas.

Un ángel a medio caer, desterrado entre hombres y mujeres de carne y hueso, condenado a sufrir una vida y una muerte humanas, por fin había dejado de existir.

Los muertos, en sus tumbas, tuvieron miedo por primera vez en su no-existencia. ¿Se uniría a ellos el recuerdo de un ser originario de un plano superior? ¿Regresaría a la brillante Ciudad de Plata, donde tal vez le esperaban, o no, sus hermanos alados? ¿O por el contrario tomaría el camino tortuoso del primer Angel Caído original?

Los muertos, en sus tumbas, siguieron inquietos por un tiempo más, sin conocer la respuesta.

HISTORIA SOBRE UNA PREMONICIÓN

[Publicado en "Relatos. Voltea. Poemas" de *Kit-Book*, como uno de los relatos seleccionados en el 'Concurso de Relatos Kit-Book – septiembre de 2011' (octubre de 2011)]

No le importaba que le llamaran *la bruja*, al fin y al cabo se dedicaba a ello: era vidente y futuróloga, echaba las cartas, leía los posos del café y adivinaba el porvenir a través de una bola de cristal, o donde se terciara realmente, siempre que a cambio hubiera una suma de dinero, generalmente considerable, y siempre "a voluntad". Ni qué decir tiene que se trataba de un completo fraude. No tenía esas supuestas habilidades de las que hacía gala, ni creía siquiera en esa posibilidad, pero sí poseía una gran elocuencia y mucha labia, un gran don de gentes, que se suele decir. Eso, unido a una cierta habilidad analizando la psique humana, le permitía convencer a la gente de la veracidad de sus poderes. Era una tramposa, una engañadora profesional, y le daba igual los sentimientos de los demás, porque la gente seguía acudiendo a ella, soltándole su dinero. A sus ya más de cuarenta años, sabía que se había convertido en una mala persona, poco digna de confianza y algo ruin. Tampoco quería cambiar.

Esa vida huraña y llena de engaños no le había permitido rodearse de un círculo de amigos fieles. A los pocos que había podido tener a lo largo de su vida, los había acabado traicionando más temprano que tarde. Pero el momento más vil de su vida ocurrió unos cuantos años atrás, tras una tortuosa relación con un buen hombre que, infructuosamente, intentó que cambiara de vida y se convirtiera en una mujer de bien. Se quedó

108

embarazada, sin desearlo, y lo primero que hizo fue deshacerse de aquel pobre tipo, a quien rompió el corazón y jamás le confesó su embarazo. Después, tras un fallido intento de aborto, y tras un doloroso parto, decidió abandonar a su hija a las puertas de un hospicio. En aquel momento, lo hizo con odio hacia su hija no querida pero, con el tiempo, fue de lo único de lo que llegó a arrepentirse en su vida.

Su vida empezó a cambiar realmente cuando tuvo un extraño sueño premonitorio. Una noche, tras una larga sesión de falso espiritismo, cuando ya se disponía a tomar una austera cena, entró en lo que parecía ser una especie de trance. Tan sólo duró unos pocos segundos pero lo que vio dentro de su mente, en una experiencia tan vívida como la propia realidad, le dejó helada. Vio, y no le cupo la menor duda de que no era un simple sueño o una mera pesadilla, su propia muerte. Vio cómo alguien —una mujer vieja y decrépita, muy fea y llena de arrugas—, y a la que estaba segura de no conocer, se le abalanzaba encima, casi de sopetón, y le echaba las manos al cuello, llena de furia y odio, agarrándola con fuerza, ahogándola hasta dejarle sin respiración. Acabando son su vida en poco más de un instante.

Se pasó los días siguientes, como es lógico, verdaderamente asustada, vigilando sigilosamente a todo el mundo cada vez que salía a la calle, esperando encontrarse con la anciana de un momento a otro. Decidió no atender a nadie en su "consulta", que no era más que un pequeño cuartucho debidamente decorado, en su propio piso. Los días fueron pasando, pero nada ocurrió, la anciana no hizo acto de presencia. Poco a poco, *la bruja* fue recuperando el valor y dejando atrás el recuerdo cada vez más lejano y borroso del mal sueño que vivió. Pero no se

109

encontraba con ánimo de continuar ejerciendo de vidente. Temía que le volviera a ocurrir un episodio similar. Prefirió buscar otra manera de ganarse la vida, y acabó convirtiéndose en costurera de una pequeña tienda de barrio. Fueron pasando los días, los meses, los años... La anciana de aquel extraño sueño jamás apareció y *la bruja*, a la quien ya nadie llamaba así, la fue olvidando hasta convertirse en apenas un borroso recuerdo del pasado. De una vida pasada, ya apenas recordada. Tampoco volvió a tener ningún otro sueño ni experiencia similar a la que tuvo aquella lejana noche.

Cuando ella misma era ya una anciana que había pasado de los setenta, y retirada ya de su apacible trabajo como costurera, recibió una desconcertante invitación. Alguien requería sus servicios como vidente. Alguien que sabía que ella se había dedicado a adivinar el futuro, y que estaba dispuesto a desembolsar una importante suma de dinero. Aunque le entraron muchas dudas, decidió aceptar. No aceptó por el dinero que le ofrecían, aunque la cantidad era generosa. En parte aceptó por tener la oportunidad de volver a hacer aquello a lo que se dedicó hacía tanto tiempo, pero sobre todo aceptó por la curiosidad de saber quién preguntaba por ella.

Se presentó una joven, que no tendría más de veinte años cumplidos. Era una chica atractiva, de larga melena rubia, muy brillante, y de penetrantes ojos azules. Aunque no la conocía, le resultaba extrañamente familiar.

—Antes de nada –dijo *la bruja* una vez que tomaron asiento–, quiero saber un par de cosas sobre ti.

—Pensaba que los videntes no necesitaban hacer preguntas —replicó la joven. El comentario era jocoso, pero su rostro permanecía serio, sin sonreír siquiera.

—Una cosa es tener ciertas habilidades —respondió la anciana, sonriendo socarronamente—, y otra muy diferente es saberlo todo, niña.

Se encontraban en una pequeña salita de su también pequeña casa. *La bruja* había decidido no montar una decoración especial, al estilo de los viejos tiempos. Ya no se dedicaba a adivinar el futuro y, fuese quien fuese su visitante, ésta ya lo sabría.

—¿Quién eres y cómo has dado conmigo? —preguntó la anciana.

—Sólo soy una chica con preguntas que necesitan respuesta —respondió rápidamente la joven—. Y si estoy aquí, es porque alguien me habló de usted.

—Son respuestas ambiguas...

—Pero soy yo quien debe hacer las preguntas...

La anciana sonrió.

—*Touché* —dijo, poco después—. ¿Qué buscas? ¿Qué quieres de mí, niña?

—¿Qué método utilizas para adivinar el futuro? —preguntó la chica tras una breve reflexión.

—Hace mucho que ya no poseo una bola de cristal, y no tengo ganas de hacer café para leer en sus posos, así que haremos algo más íntimo... Extiende los brazos hacia mí, y deja que te sujete las manos... No temas, apenas tengo fuerza ya, a mi edad... Ahora relájate, deja que tu mente fluya con la mía. Y pregúntame lo que quieras saber...

Que ya me inventaré lo que haga falta, pensó la anciana. Después de tantos años, y al parecer no había perdido nada de su arte.

—En realidad... —comenzó la joven, titubeando por primera vez desde que se había presentado allí—, no es el futuro lo que me preocupa.

—¿Ah, no?

—No, señora —contestó—. Quiero saber sobre el pasado.

—¿Sobre el pasado en general o sobre algún pasaje en concreto? —preguntó *la bruja*, siguiendo su papel, como tantas veces hizo tiempo atrás.

—Quiero saber por qué... ¿Por qué? —la expresión de la joven se tornó gris.

—Me temo que tendrás que ser más explícita... —pidió la anciana, ciertamente desconcertada.

—Mi madre murió cuando me dio a luz —explicó la chica, con un par de lágrimas gemelas bajándole por ambas mejillas—. Pero me dejó escrita la historia de su vida... Una vida triste y penosa... Y todo por culpa de su propia madre, mi abuela.

La bruja se puso tensa de repente, y se le erizó el escaso vello de su cuerpo arrugado. Sin ser apenas consciente de ello, apretó con fuerza las manos de la joven entre las suyas, pero ésta tampoco dio signos de percatarse de ello.

—Mi madre fue abandonada nada más nacer –prosiguió la chica, llorando ahora más vehementemente–. No pudo conocer a sus padres, y eso la marcó de por vida. Cuando fue adulta, se dedicó a buscar su propio origen y, lo que encontró, la asustó y amargó aún más.

—¿Qué fue lo que encontró? –preguntó la anciana, con recelo. Cada vez apretaba con más fuerza las manos de la joven.

—Su madre... mi abuela... era una mala persona, una embaucadora y mentirosa... Llevaba una vida basada en el engaño y el odio... Abandonó a su propia hija... Y lo peor de todo, con el paso de los años llegó a reconducir su vida, pero jamás intentó recuperar o siquiera encontrar a su hija... Yo me pregunto... ¿por qué?

—No sé por qué me cuentas todo esto, niña...

—Lo sabes muy bien, *bruja*. Soy tu nieta. Eres mi abuela.

—¡Noooooooooooooo! –gritó la anciana, apartándose violentamente de la muchacha–. ¡Déjame! Ya he dejado atrás esa vida...

—No es verdad –replicó la joven, furiosa–. O no me habrías dejado venir...

—¡Déjame!

—Aún no me has contestado...

—¡Déjame en paz!

—¿Por qué?

Ambas mujeres se levantaron forcejeando con violencia y fuera de sus casillas. Y ambas con más fuerza de la que aparentaban a simple vista, quizás producto de la rabia. La joven trastabilló, y la anciana aprovechó para echarle las manos al cuello. Apretó con fuerza y, unos segundos después, la joven dejó de forcejear. Había muerto, estrangulada. Entonces *la bruja* recordó aquel extraño sueño premonitorio que tuvo hacía tantísimos años. Y pudo recordar con claridad el rostro de la vieja. Era su cara, era ella misma. Cuando tuvo aquella visión, aquel raro sueño, se vio incapaz de reconocer su propio rostro envejecido, pero ahora lo comprendió todo. Había interpretado mal la premonición. En realidad, no vio cómo la estrangulaban a ella, sino que vio cómo ella estrangulaba a su propia nieta, de cuya existencia ni siquiera sabía hasta entonces.

UN PEQUEÑO DETALLE

Se empeñaron en denominarla la III Guerra Mundial, aún sabiendo que sería la última. La humanidad estaba definitivamente condenada, pero un grupo de iluminados, contra toda razón, acabaron estando en lo cierto cuando afirmaron que unos lejanos salvadores vendrían a rescatar a un reducido grupo de elegidos. Durante años no pasaron de ser una secta más, que anunciaba el fin del mundo, y que sólo sus seguidores optarían a la salvación eterna. En efecto, los pocos miembros creyentes fueron abducidos por aquellos extraños seres cabezones y de ojos saltones, pocos días antes del final definitivo. Tan sólo había un pequeño detalle con el que no habían contado: no les esperaba la ansiada salvación eterna, pues aquellos seres no eran dioses ni salvadores, sino unos simples coleccionistas estelares que, poco antes de que fuera demasiado tarde, habían conseguido unos pocos ejemplares humanos para su hasta entonces incompleta colección.

POCO TIEMPO

"Por favor, sea breve", dijo el anciano, "me temo que ya no me queda mucho tiempo".

"Precisamente por eso venía", dijo la alta figura encapuchada, ataviada con una negra y amplia túnica, mientras acariciaba la afilada guadaña que portaba en su mano.

ASESINATO, SANGRE Y NIEVE

La sangre sobre la nieve es más roja; el crimen se vuelve desolador. Mi cuerpo se estremece y tiembla al soplar el viento frío del invierno, pero no siento nada. Mi aliento me envuelve y a mis pies yace mi víctima, ya casi sin vida.

La sangre sobre la nieve es más roja; el dolor desaparece antes. Mis manos están sucias. Aprieto los puños y me encojo. Me arrodillo y me abrazo a mí mismo, mientras caigo. Mi cara sobre la nieve y todo rojo a mi alrededor, pero yo sólo quiero cerrar los ojos y dejarme llevar. Todo acabará pronto, lo sé.

La sangre sobre la nieve es más roja; un último latido agónico trae el fin del horror. Mis actos definen lo que soy; un cruel asesino, un loco perturbado.

La sangre sobre la nieve es más roja; las sombras por la noche son aún más oscuras.

EL DESESCRIBIDOR DE HISTORIAS

[Publicado en "Aromas de Papel" de *¡¡Ábrete Libro!!*, con el tercer puesto (en la valoración del jurado) en el 'VI Concurso de Relatos – Primavera 2011' (octubre de 2011)]

El hombre llamó a la puerta. Aún no había cumplido los sesenta, pero se le veía bastante envejecido. Últimamente apenas salía de casa, pero aquel día había recibido una inesperada invitación. Un viejo amigo, al que hacía años que no veía, le había enviado una carta manuscrita instándole a visitarle. Un viejo amigo con el que compartió no pocas tertulias literarias, y que no en vano llegó a convertirse en un brillante y famoso escritor, autor de magníficas novelas, exitosas tanto a nivel de público como de crítica. Un viejo amigo que, sin previo aviso, dejó de escribir demasiado prematuramente, cuando apenas rondaba los cincuenta años. De eso no haría ni una década, justo el tiempo que llevaban sin verse, aunque jamás existió razón alguna para dicho alejamiento. Simplemente ocurrió. Y ahora, después de todo este tiempo, había recibido aquella inusual invitación. Y había aceptado, por supuesto. Ahí estaba, ante el portal tantas veces cruzado antaño y que tan extraño y desconocido le resultaba ahora.

La puerta se abrió con lentitud y apareció un rostro sonriente, cuyo dueño era un hombretón de casi dos metros, pero al que se le veía también excesivamente envejecido y un tanto decrépito. Tras un largo y sentido abrazo, ambos hombres pasaron al salón y se sentaron en sendos cómodos sillones. Se sirvieron unas copas de coñac, y se encendieron

118

unos habanos. Tras disfrutar del instante en silencio, comenzaron a charlar, una vieja costumbre que creían haber perdido para siempre.

—Hacía mucho que no nos veíamos –comentó el visitante, con un cierto tono de reproche, como dando a entender que el culpable de aquella situación no era él, precisamente.

—Sí, es cierto. He estado muy ocupado –respondió el anfitrión, un tanto indiferente.

—¿Ocupado? ¿Acaso has estado escribiendo de nuevo? ¿Vas a volver a publicar otra novela? Hace ya casi una década que no publicas nada...

—Hace ya casi una década que no escribo nada.

—¿Entonces...?

—Ya no escribo. Ya no sé escribir. Ya no tengo nada que escribir.

—¿Entonces...?

—Ahora me dedico a *desescribir* –contestó, tras una larga pausa–. Me autodenomino a mí mismo como un *desescribidor* de historias.

—Amigo, creo que no termino de entenderte.

—Muy bien, te lo contaré todo:

>>Mi octava y última novela, "Cuando respiro", fue un éxito rotundo, como bien sabes. Se vendió como churros, la crítica la puso a la altura de los grandes clásicos, vendí los derechos para el cine por una cifra que da vértigo solo nombrarla... Fue algo increíble. Y fue también mi final como escritor. Desde entonces he sido incapaz de escribir nada que no fuera la lista de la compra. Casi una década ya, como has dicho antes, y te

juro que lo he intentado, pero ya no hay ideas en mi cabeza. Nada. En blanco.

>>Por aquel entonces yo tenía un asistente, aunque era más bien una especie de discípulo. Un joven aprendiz, por así decirlo. Bajo mi tutela, llegó a escribir una estupenda novela. Muy buena. No tenía nada que envidiar a cualquiera de mis mejores obras. Mi labor entonces tendría que haber sido abrirle el camino a la publicación, tenderle la mano que yo no tuve en mis tiempos y que siempre dije que ofrecería cuando estuviese en situación de ello. Con mis contactos, no habría sido difícil que se la publicasen, y estoy seguro de que habría sido un éxito rotundo. Pero yo sentía envidia. Mucha envidia. Yo, autor de magníficas obras como "Ladridos", "El tren bajo el río violento" o "Cuando respiro", sentía envidia de la novela inédita de mi novato aprendiz... Debes comprender que yo ya llevaba un par de años de sequía creativa, delante de un papel en blanco que sólo se llenaba de garabatos inconexos. Pero no, no le robé la novela. No la usurpé, ni la copié. Podría haberlo hecho sin dificultad, y probablemente con total impunidad. Por mucho que se quejara y denunciara, la razón y la ley estarían de mi parte. Pero nunca he sido un ladrón. Jamás pondría mi nombre en una obra ajena, no puedo ser un impostor. Pero hice algo, no estoy muy seguro de cómo, pero... la hice desaparecer. La novela dejó de existir. La *desescribí*.

>>No soy capaz de explicarlo, porque apenas lo entiendo yo mismo. No sé cómo funciona, ni por qué. Perdí el don de crear historias, y en su lugar he recibido el don de destruirlas, de hacerlas desaparecer. No me entiendes, ¿verdad? No me refiero a destruirlas materialmente, sino a hacer que no existan y que jamás hayan existido. Soy capaz de eliminar

cualquier vestigio de existencia de la historia que quiera. Hay novelas que marcaron una época y que ya no se conocen, por mi culpa. Hay autores a los que simplemente les he hecho un favor, *desescribiendo* sus peores trabajos. Pero hay otros escritores cuyos nombres no te sonarían ahora, pero que en su momento estuvieron en la cumbre de la literatura. Siempre me aburrió Shakespeare. "¿Quién?", te preguntarás. Realmente es gracioso. He *desescrito* todas y cada una de sus obras. Ha sido una tarea ardua y agotadora, pero ahora nadie es capaz de reconocer su nombre. Es realmente gracioso.

>>Pero déjame que vaya por orden. Después de borrar la obra de mi aprendiz, quedé un tanto aturdido. En realidad, no fui consciente de esta... habilidad, por llamarlo así, hasta que *desescribí* unas cuantas obras más. Obras en un principio elegidas al azar, la verdad. Después pensé: "¿por qué no borrar aquellas obras que me han parecido insulsas o aburridas? ¿por qué no borrar todos y cada una de los trabajos de aquellos autores a los que no soporto, o que fueron mis rivales en su momento, haciendo que pasen totalmente al olvido?". A eso he dedicado mi vida durante estos últimos años.

>>Y aún me queda mucho trabajo por hacer. Ya me he cargado a Shakespeare; mi tiempo me ha llevado. Y aún más tiempo me está llevando borrar la obra de Stephen King. Sí, claro que le conoces. ¿Autor de cuatro o cinco novelas? Ay, si supieras la verdad. Pero debo darme prisa en eliminar el resto de su trabajo, creo que está empezando a sospechar algo. Realmente es un tipo muy extraño. Pero... ¿sabes lo que me tienta realmente? Me da incluso vergüenza decírtelo. Me tienta sobremanera *desescribir* la propia Biblia. Ya sabes que no soy practicante,

aunque siempre me he considerado un fiel creyente en la fe católica, pero... ¿qué pasaría si *desescribiera* la Biblia, si eliminase cualquier vestigio de su existencia? ¿Desaparecería el cristianismo de golpe? ¿Dejaría de tener sentido? Realmente no estoy seguro de que pueda hacer algo así. ¿No es la Biblia la palabra de Dios? Resulta muy tentador. Muy tentador...

>>Te preguntarás por qué te cuento todo esto. Efectivamente, hay una buena razón para ello. He borrado novelas famosas y destruido las obras de grandes autores, pero también he *desescrito* relatos menos conocidos, y de escritores poco más que aficionados. En definitiva, me he cargado aquello que, por una razón u otra, me disgustaba. En general ha sido una tarea dura, aunque tremendamente satisfactoria. Al principio me llenaba de curiosidad y, lo reconozco, de cierto placer morboso, pero a veces ha resultado ser una labor tediosa e incluso penosa. Pero hay algo con lo que realmente he disfrutado. Algo por lo que ha merecido la pena vivir. Algo por lo que ha merecido la pena perder el don de escribir y desarrollar esta especie de... arte.

>>Durante mi carrera de escritor tuve un competidor, un rival realmente digno. Otro escritor cuyas obras eran competencia directa de las mías. Solíamos competir con cada nueva novela que publicábamos, a ver quién vendía más y quién obtenía mejores críticas. Al principio se trataba de una rivalidad sana, e incluso llegamos a entablar una relación ciertamente amistosa. Con orgullo, el uno al otro nos considerábamos amigos. Pero aquella amistad se fue truncando poco a poco, a medida que nuestra rivalidad crecía y se endurecía. Llegó a dominarnos la furia. Veo que tratas de recordar de quién se trata. No lo lograrás. Ya he borrado todas sus obras. Ya no existe para el mundo de la literatura.

>>Sé que, aunque te parece increíble, me crees. A pesar de que lo que te estoy contando te suena a fantasía barata, sé que me crees. Y te lo agradezco, pero también sé que piensas que no debería seguir con esto. Me vas a decir que debo dejar de *desescribir* historias. Quizás tengas razón. Por lo menos, en parte. Lo de *desescribir* las obras de grandes autores ha sido un ejercicio de exaltación de mi propio ego, lo reconozco. La verdad es que guardo cierta sensación de culpabilidad, aunque tampoco negaré que disfruté haciéndolo. Pero necesitaba borrar a aquel rival que tenía. Debes comprenderlo, después de mi última novela me vi incapaz de volver a escribir y él continuó con su cada vez más exitosa carrera. Mi nombre comenzaba a olvidarse y él se reía de mí. Tenía que acabar con él. Y lo hice. Ya nadie le conoce. Nadie ha leído sus novelas ni sus relatos, porque sencillamente jamás existieron. Nadie sabe quién era él. Bueno, yo sí lo sé. Eras tú, viejo amigo. Eras tú.

OSCURIDAD

Mis padres murieron cuando yo apenas era un bebé. Fui criado por mi abuelo paterno, un hombre ya mayor y achacoso, pero a la vez tremendamente severo y estricto, que no me concedió demasiada libertad, y que accedió a cuidarme tan solo por un marcado sentido del deber. En vida, no me permitió jamás visitar a mi tío abuelo, quien ni siquiera era familiar suyo, pues era de la rama materna, así que cuando falleció el viejo, cuya muerte no lloré precisamente, decidí que lo primero que quería hacer era conocer al ya único familiar que me quedaba con vida.

Mi tío estaba loco, o al menos eso decía todo el mundo que había llegado a conocerle. Había pasado los últimos años encerrado en una habitación completamente a oscuras, sin salir de ella para nada, pero ya desde joven habían encontrado su comportamiento, cuanto menos, un tanto extravagante. Dedicó su vida al estudio de las ciencias arcanas, a la magia y el ocultismo, y su comportamiento para con los demás siempre fue hosco, cuando no hostil. Algunos años atrás sufrió una crisis psicótica y se empeñó en que las sombras le perseguían y querían apoderarse de su cuerpo y de su alma. En un momento de brillantez dentro de su trastorno, debió llegar a la conclusión de que la mejor forma de evitar que las sombras le alcanzasen, era vivir completamente a oscuras, en una perpetua oscuridad, sin una fuente de luz que pudiera dar lugar a las temidas sombras. Era un hombre rico, que derrochaba el dinero en una legión de sirvientes que le mantenían constantemente a oscuras, y yo era su único posible heredero, así que decidí presentarme ante él y, simplemente, encender una luz.

No fue fácil conseguir que me permitieran ver a mi tío abuelo. Siempre había sido una persona recelosa y huraña, y había dado órdenes expresas de que nadie le molestara. Si no hubiese sido de su misma sangre, creo que jamás habrían accedido a que le conociera. Fui llevado a sus aposentos, una habitación sin ventanas, al final de un oscuro pasillo. Éste, como la habitación, permanecía constantemente a oscuras, y no tenía ninguna fuente de luz, por lo que el loco se sentía relativamente a salvo. Hacía años que nadie había visto su aspecto y ya ni siquiera daba órdenes a sus sirvientes, quienes simplemente se dedicaban a mantener la casa en buen estado. Un abogado disponía de los fondos de mi tío abuelo, y era quien se encargaba de su correcta administración. Todos los días, un sirviente dejaba un plato con comida junto a la puerta de la habitación, y al día siguiente tan sólo quedaba el plato, lo cual era casi la única constancia de que seguía con vida. Yo estaba convencido de que el pobre loco había perdido definitivamente la razón, y dudaba de que pudiera siquiera mantener una conversación coherente con él. No negaré que sentí ciertos reparos cuando me dispuse a entrar en la habitación a oscuras, pero mi determinación era total. Contaba además con un par de objetos que, esperaba, cumplieran su propósito. A escondidas, pues de lo contrario los sirvientes me habrían impedido el paso, llevaba un pequeño mechero camuflado, con el que esperaba iluminar la estancia y, posiblemente, provocar en mi tío abuelo un colapso definitivo. Como última precaución, también portaba una pequeña navaja, igualmente camuflada, con la que defenderme en caso de que la situación se tornara peligrosa.

Una vez dentro de la habitación, saludé a mi tío abuelo, presentándome, sin poder verle ni intuir siquiera su presencia. Ante la ausencia de respuesta, decidí encender el mechero.

Lo tenía frente a mí, a un metro escaso, y lo podía ver pese a la tenue y vacilante luz del mechero. Su extrema palidez me estremeció, pero fue su mirada asesina la que me erizó el vello y me paralizó. Permanecía inmóvil, como expectante, y no parecía especialmente sorprendido por mi presencia, sino más bien complacido.

—¿Por qué huyes de las sombras? —le pregunté, cuando por fin pude articular palabra. Por lo demás, yo me sentía desconcertado y ni siquiera recordaba que iba armado.

—Querido sobrino —me respondió entonces, mostrando una sobrecogedora sonrisa—. Yo ya no huyo de las sombras. Soy parte de ellas. Y ahora tú nos acompañarás...

ESA MARCA EN EL CUELLO

[Próximamente publicado en la revista literaria "Entropía" de *Javier Sanz*]

Lupe se acostó intranquila, una vez más. Su marido había salido, como la noche anterior, y la otra y la otra... así hasta seis noches antes, cuando apareció con aquella marca en el cuello. Le costaba creerlo, pero las pruebas eran rotundas: una marca en el cuello, salía por las noches y el día se lo pasaba prácticamente durmiendo... No había duda: su marido era un vampiro.

Su marido siempre había sido un holgazán, haciendo trabajitos por aquí y trapicheos por allá para ganarse la vida más mal que bien. De hecho, era ella, Lupe Constanzo, quien aportaba el dinero a la casa para mantener a duras penas a sus dos pequeños retoños. Pero su marido no había sido un gran aficionado a la juerga y la noche. Simplemente era un vago. Antes, por el día apenas hacía nada de provecho pero, al menos, las noches las pasaba en casa. Ahora no. Ahora dormía prácticamente todo el día, y salía por la noche. Lupe tenía miedo de preguntarle a dónde iba.

Y estaba la marca del cuello. La primera vez que Lupe la vio, seis noches antes, pensó que tal vez su marido se había buscado una amiguita pero, tras observarlo detenidamente, desechó esa idea. Su marido era un tipo más bien gordo, más bien feo y más bien guarro, al que Lupe aún no sabía por qué aguantaba (bueno, quizás era que a pesar de todo, estaba enamorada de él), pero que estaba claro que no iba a provocar ningún tipo de atracción sobre otra mujer. Además, si algo bueno tenía su marido, era

127

que la quería con locura. Haría cualquier cosa —excepto, quizás, ponerse a trabajar— por ella. Así que, descartada la idea de la amante, sólo quedaba una posibilidad: su marido era un vampiro. Lupe lo sabía, pero no se atrevía a decírselo. Quizás se enfadara con ella, quizás la matara y le chupara la sangre. No, era mejor guardar silencio.

Lupe se acostó, sí, pero no podía dormir. Su cabeza daba vueltas y vueltas. Su marido era un vampiro. Un monstruo. Ella corría peligro. ¡Y sus hijos! No podía dejar que les hiciera daño. No, tenía que detenerle antes de que fuera demasiado tarde. Su marido llegaría dentro de unas horas, antes de despuntar el alba, y ella estaría preparada. Cogió una vieja silla del sótano y le partió una de las patas. Cogió uno de los machetes del sótano y afiló la pata por uno de los extremos, hasta conseguir una perfecta estaca.

Aún era de noche cuando el marido llegó a casa. Apenas había comenzado a asomarse tímidamente el sol por el horizonte cuando notó cómo algo le atravesaba el pecho. Era una estaca de madera, empujada por su propia esposa. El marido cayó al suelo por el impacto, y Lupe se quedó paralizada, sin saber exactamente qué había hecho.

—¿Qué me has hecho, Lupe? —preguntó él, en susurros entrecortados. La estaca sobresalía por su pecho ensangrentado. Le había atravesado el pulmón, rozando por apenas un par de milímetros el corazón.

—Creo que te he matado —contestó ella, como en shock.

—¿Por qué? —preguntó él, sintiendo cómo las fuerzas se le iban perdiendo.

—Porque eres un vampiro –contestó ella, llorando.

—No soy un vampiro –dijo finalmente él, justo antes de morir.

Lupe lloró la muerte de su marido durante varios días. En aquel viejo pueblo de México la justicia era autóctona, por así decirlo, y no vino nadie a detener a la pobre viuda, que además tendría que cuidar ella sola de los dos pequeños retoños. Su marido fue enterrado y, a los pocos días, ya nadie hablaba sobre el tema. Pero Lupe siguió dándole vueltas al asunto. Una pequeña duda le estaba corroyendo. Estaba segura de que su marido era un vampiro, a pesar de que él lo hubiera negado en sus últimos instantes. Y estaba segura de que al final no había acertado plenamente en el corazón con la estaca, a pesar de que su marido había muerto. Lo que ella creía era que simplemente había malherido a su marido-vampiro, que ahora estaba recuperándose para volver cualquier día y vengarse de ella.

Un día, al poco de anochecer, alguien llamó a la puerta. Lupe se levantó y fue a abrirla, con el convencimiento de que era su marido. Llevaba días sufriendo y esperando su llegada, y había decidido que lo mejor era no oponer resistencia. Lo que deseaba era que aquel sufrimiento e incertidumbre acabase cuanto antes. Además, quizás su marido se apiadase de ella. Abrió la puerta y al otro lado no estaba su marido, sino un tipo bajito y calvo, que le entregó un sobre. Lupe le reconoció. Era uno de los mafiosos del pueblo, que siempre andaban tramando algo.

—¿Qué es esto? –preguntó ella, y del sobre sacó un fajo de billetes.

—Su marido estuvo donando su sangre a nuestra organización durante unos días, pero murió antes de que le pagáramos. Somos mafiosos, sí. Somos criminales, sí. Pero honrados. Ese dinero se lo ganó su marido con el sudor de su fren... con su sangre, más correctamente. Creo que es justo que se lo demos a usted, señora.

—¿Do... donante? –preguntó Lupe estupefacta.

—Sí... Verá, acabamos de introducirnos en el mercado del tráfico de sangre. Ilegal, por supuesto. Y ofrecemos unas pequeñas cantidades de dinero por sangre. Eso sí, tenemos un método un tanto arcaico, y nos vemos obligados a extraer la sangre por el cuello, como si fuéramos vampiros... ¿Se imagina usted? ¡Vampiros! ¿Quién iba a creer en su existencia? Por cierto, que su marido estaba entusiasmado de colaborar con nosotros. Por lo visto, estaba contento de poder aportar un buen dinero a su familia. Y donaba tanta sangre que tardaba toda la noche en reponerse. Una lástima lo de su muerte. Le acompaño en el sentimiento, señora.

EL CONSEJO DE ÁRBOLES

El Consejo de Árboles cerró la reunión, más abruptamente de lo habitual. Los árboles más ancianos, con varios siglos sobre sus raíces, insistían en permanecer igual, sin hacer nada. Sin embargo, los árboles jóvenes, faltos de experiencia pero repletos de vigor, clamaban por el cambio y la rebelión. Incitaban a abandonar su posición pasiva y enfrentarse a la humanidad, o acabarían desapareciendo entre sus manos.

—Acabemos con esos asesinos —pedían los jóvenes—, o ellos acabarán con nosotros.

—Precisamente porque no somos como ellos —contestaban los grandes ancianos—, jamás actuaremos de forma inconsciente, irresponsable ni, mucho menos, cruel.

Como cada vez costaba más aplacar a los más rebeldes, en la siguiente reunión el árbol más viejo les habló de un pequeño niño humano, perdido en esos momentos en un frondoso bosque canadiense.

—Adelante —dijo el anciano—. Empezad vuestra revolución. Matadle.

Pero ninguno se atrevió.

CAPERUCITA VIEJA

[Publicado en "Érase otra vez" de *¡¡Ábrete Libro!!*, como uno de los relatos participantes en el 'Concurso de Relatos – Otoño 2010' (febrero de 2011)]

> *"Caperucita fue una invención de Charles Perrault, que ordenó las historias populares francesas para su consumo en el siglo XVIII. Otros cambios... como el final feliz, son posteriores."*
>
> THE SANDMAN
>
> *Neil Gaiman*

Y colorín colorado, este cuento se ha acabado.

La niña había quedado fascinada al saber cómo el leñador había liberado *in extremis* a Caperucita Roja y su abuelita de las garras del temible Lobo Feroz. Ni siquiera se percató de que su madre había terminado de narrarle el cuento entre lágrimas de tristeza, que rápidamente se enjuagó con un pañuelo de papel.

—¿Estás... llorando, mamá? –preguntó la niña, extrañada.

—No es nada, hija...

—Sí lo es –sentenció la pequeña, rotundamente–. ¿Por qué lloras?

—Por el cuento, hija.

—Pero si acaba bien. Tiene un final feliz.

132

—El cuento no termina ahí —afirma la madre, seriamente, mientras sus ojos vuelven a empañarse—. Para el resto del mundo, ése es el final del cuento de Caperucita Roja, pero la historia continuó. Caperucita Roja tuvo una hija... Yo.

—¿Tú eres la hija de Caperucita Roja? —preguntó la niña, extraordinariamente asombrada.

—Sí.

—¿Caperucita Roja es mi abuela? —preguntó nuevamente la niña, increíblemente maravillada.

—Sí.

—Entonces... ¿por qué no conozco a la abuela...?

Entre lágrimas de tristeza, que más bien parecían chorros de manantiales, la madre le reveló el resto de la historia de Caperucita Roja: cómo ésta creció y se casó, no con el leñador del cuento, sino con el herrero del pueblo, con quien acabó teniendo una hija. El herrero murió en un accidente y, poco tiempo después, Caperucita Roja (aunque entonces ya nadie la llamaba así) y su hija acabaron teniendo una de esas discusiones familiares que acaban separando a los seres queridos. Dejaron de verse y de hablarse; dejaron de existir la una para la otra. Y así pasaron los años, hasta que la hija de Caperucita Roja, convertida ya a su vez en madre, le contó el cuento a su hija.

—¿Por qué os enfadasteis, mamá?

—No puedo contártelo, hija. Eso es algo entre ella y yo. Sólo te diré que por nada del mundo quiero volver a verla, y ella a mí tampoco.

—Quiero conocer a la abuela —dijo la niña, tras una breve reflexión—. Quiero conocer a Caperucita Roja.

La madre temía, a la vez que inevitablemente esperaba, aquellas palabras que surgieron de la boca de su hija. Ésta se empeñó en ir a conocer a su abuela. La madre, a pesar de la negativa inicial, tuvo que acabar cediendo. Ella estaba enfadada con su madre, a saber por qué razón, pero no podía negarle a su propia hija el derecho de conocer a su abuela, si eso era lo que ella quería.

—La abuela vive al otro lado del bosque —le explicó la madre a la niña—, precisamente donde vivía su propia abuela...

—La del cuento...

—Sí. Debes tener mucho cuidado al atravesar el bosque.

—Pero ya no hay nada que temer, mamá —exclamó la niña, sonriente—. El leñador acabó con el Lobo Feroz cuando la abuela era Caperucita Roja.

Y así, la nieta de Caperucita Roja retomó el camino que hizo su abuela muchos años atrás, a través del frondoso bosque. La niña comenzó radiante la travesía pero, poco a poco, a medida que se iba internando en el espeso bosque, su alegría se iba desvaneciendo. El bosque era oscuro, impenetrable, terrorífico por momentos. Era mediodía, y el sol arreciaba con furia en el cielo, pero los enormes y recargados árboles lo cubrían todo con sus largas y frondosas ramas, dejando apenas un breve pasillo de frías sombras para que avanzara la niña. Y había algo más.

Durante la mayor parte del viaje, la niña se sintió observada. A veces, incluso, acechada. Como si alguien —o algo— la estuviera espiando, siguiéndola a través del bosque, dispuesto a saltar sobre ella en cualquier momento.

La niña no llegó a ver a nadie ni nada peligroso durante el trayecto. Apenas se cruzó con ningún animal, salvo un par de escandalosas aves silvestres a las que oía revolotear sobre su cabeza. Al final, el bosque acababa abruptamente en un enorme claro que derivaba en un verde y agradable valle. En mitad del valle, la niña vio una pequeña casita de piedra, y hacia allí se dirigió, recobrando la sonrisa.

La niña llamó a la puerta, que hizo un ruido hueco. Una eternidad después, la puerta se abrió lentamente. También lentamente, apareció el rostro de una anciana demacrada y amargada, llena de arrugas y con ojeras como enormes bolsas de basura.

—¿Quién eres y qué quieres? —le espetó la anciana a la niña, con una voz desagradable, llena de asco y odio.

—Soy tu nieta, abuelita —contestó la niña, aunque al final se le quebró la voz.

El rostro de la anciana se transformó en una mueca, mezcla de horror y de incredulidad. Escandalizada y asustada, le preguntó a la niña qué narices hacía allí, y la pequeña se lo contó, una vez que la abuela le dejó pasar al interior de la casa, que resultaba de todo menos acogedora. Mientras la niña hablaba, su abuela iba negando con la cabeza, incrédula y aterrada.

—No puede ser —dijo la anciana temblando desesperadamente, con la voz notablemente debilitada—. Hice que mi hija huyera de mí para que ni ella ni nadie de su familia volviera a tener contacto conmigo. Creí haberle hecho el suficiente daño para que renegara de mí, para que me odiara para siempre...

—Ella no quiere verte —le explicó la niña—. Pero es una buena madre, y una buena hija, y, a pesar de vuestras diferencias, me ha permitido poder conocerte.

—¡Dios mío! No deberías haber venido —se lamentó la abuela, que temblaba inquietamente—. ¿Has llegado bien? ¿Has tenido algún problema por el camino? ¿Te has topado con...?

—¿Con el Lobo, abuelita? —preguntó la niña, un tanto desconcertada—. ¿No te acuerdas? El leñador acabó con él cuando eras Caperucita Roja, y os liberó a ti y a tu ab...

—¡No! —le interrumpió la anciana, visiblemente acongojada—. No pasó así. El leñador no pudo con el Lobo Feroz.

—Pero el cuento...

—¡El cuento es mentira, niña! —le gritó la anciana—. Son sólo patrañas. El Lobo mató al leñador, y devoró a mi propia abuela.

—Pero tú estás viva —exclamó la niña, a quien poco a poco también se le iba contagiando el terror de la anciana—. ¿Por qué?

—Porque hicimos un trato —no fue la abuela quien contestó, sino una voz grave y poderosa. Una voz profunda y antigua. Una voz que daba escalofríos y ponía los vellos de punta.

La niña se giró y vio, en el umbral de la puerta, un enorme lobo. Sucio y maloliente, iba acercándose lentamente hacia la niña, babeando y relamiéndose. La cabeza ladeada, mirándola fijamente. Un cazador con la presa ya arrinconada. Le mostró los dientes afilados y amarillentos en un rugido feroz. Cuando apenas estaba a un metro de ella, lanzó un agudo aullido que se escuchó a kilómetros de distancia. La niña se orinó encima. La abuela había perdido el conocimiento un par de minutos antes.

—Tu abuela y yo hicimos un trato –continuó explicando el lobo–. Yo le perdoné la vida, a cambio de la de su abuela, pero sólo hasta que algún día la visitara su futura nieta... Al fin y al cabo, es el acuerdo de siempre...

RECEPTÁCULO

Aquellos entes incorpóreos y atemporales, ubicados entre los intersticios del espacio-tiempo, celebraban una nueva reunión. El mayor y más poderoso de ellos por fin iba a darles la noticia que venían esperando toda una eternidad.

—Hermanos —les dijo con regocijo, sin pronunciar sonidos audibles—, por fin hemos encontrado un receptáculo abierto a nuestra dimensión. Por fin hemos dado con una mente capaz de alcanzarnos y ser alcanzada por nuestra esencia. Por fin un ser humano podrá dar constancia de nuestra existencia, y será revelada a la humanidad al completo nuestra historia y nuestros nombres. Gozarán de nuestra dicha y nuestra alegría. Compartirán la felicidad que nosotros emanamos, se bañarán en nuestra bondad y generosidad. Por fin unos seres corpóreos y atados al paso del tiempo podrán dar el salto evolutivo definitivo y descubrir la paz completa junto a nosotros.

—¿Cómo se llama el humano? —preguntaron aquellos afables seres.

—Es un escritor que responde al nombre de Howard Phillips Lovecraft.

Cthulhu, Nyarlathotep, Yog Sothoth y los demás se regocijaron entre vítores, sin ser conscientes de que la mente atormentada y depresiva del escritor distorsionaría completamente la visión que de ellos iba a ofrecer al mundo.

SALVACIÓN

El mundo se volvió loco. Ya nadie se acordaba de quién o cómo empezó todo. Y tampoco importaba ya, pues la humanidad daba sus últimos coletazos, a un paso de la extinción. En el plazo de apenas unas horas, las principales ciudades del planeta fueron borradas del mapa. Cientos de millones de personas fallecieron en aquellas gigantescas explosiones nucleares. Por todo el planeta, el cielo se cubrió de una espesa capa de nubes radiactivas, aunque se convirtió en una preocupación secundaria, pues las diferentes naciones ya habían comenzado a masacrarse entre sí, buscando una incierta venganza en una nueva, y más cruenta que nunca, guerra mundial.

En unos pocos días, la próspera civilización gestada en siglos de evolución y avances tecnológicos y científicos, se vio sumida en un estado de decadencia brutal, acercándose a pasos agigantados a su ocaso final.

Entre tanta desolación, no fue raro que florecieran los autoproclamados profetas apocalípticos. Mientras millones morían cada día, los que aún se mantenían en pie se aferraban a la fe en la salvación, por cualquier medio, y fuera cual fuera la religión o incluso secta que la ofreciera. Entre todos los iluminados de nuevo y viejo cuño, uno destacó por méritos propios.

Ni su propuesta era única pues, como todos los demás, prometía la salvación eterna, ni los medios a los que apelaba eran originales pues, al igual que él, no pocos hablaban de unos seres que acudirían a rescatar a unos pocos elegidos, desde alguna lejana galaxia, conocida o no. Este profeta definitivo, sin embargo, trajo consigo a uno de aquellos prometidos salvadores.

Al poco de desatarse el caos mundial, las comunicaciones se fueron perdiendo paulatinamente hasta quedar cortadas definitiva e irremediablemente. El tráfico aéreo se hizo inviable excepto para la aviación militar que, en cualquier caso, perdía unidades a marchas forzadas. La televisión, todos los canales, dejó de emitir poco a poco, hasta que sólo se recibía ruido de fondo. Los millones de terabytes que albergaba Internet desaparecieron como si nunca hubiesen existido. Los suministros de electricidad, agua y demás bienes básicos fueron cortados sin previo aviso, y la ley del más fuerte comenzó a reinar por todo el planeta.

Sin embargo, un profeta predicaba la salvación. Un profeta capaz de presentarse en diferentes puntos del planeta. Un profeta que no venía solo. A su lado aparecía siempre un extraño ser de más de dos metros de altura, de largas extremidades y extremadamente delgado. Su cabeza, enorme, tan sólo estaba provista de dos gigantescos e impenetrables ojos oscuros, y no se atisbaba la presencia de boca, nariz, orejas ni pelo visible. Se presentaba aparentemente desnudo, sin ropa ni elementos artificiales, y su piel era de tono grisáceo, aunque con un leve reflejo metálico. Era la viva representación de lo que la humanidad en general tomaba por un extraterrestre. Una imagen, sin duda, influenciada por la imaginativa ciencia ficción de las últimas décadas presente en novelas, películas y series de televisión. Sin otra prueba que la palabra del profeta, pero inmersos en pleno apocalipsis mundial, los pobres desdichados que acudían a su presencia abrazaban esa fe salvadora sin preguntas ni discusiones, porque no tenían otra esperanza a la que aferrarse.

Quizás la única muestra de milagro real era la presencia del profeta y su amigo visitante, en el plazo de pocas horas, y día tras día, en diferentes y lejanas ubicaciones del planeta, donde predicaba con éxito una salvación definitiva por parte de una civilización extraterrestre. Una salvación que llegaría únicamente para unos pocos elegidos, que en ningún momento se cuestionaron el origen, y la realidad, de aquel extraño ser.

Y así, cuando aquel buen puñado de fieles, repartido por todo el mundo, miraba al cielo esperando a que llegara la salvación prometida, ésta llegó.

Cientos de fabulosas y desconocidas naves descendieron en diferentes puntos del planeta, donde se apiñaban los desesperados supervivientes del holocausto definitivo de la Tierra. Aparecieron unos haces de luz cegadora y, cual ángeles, los elegidos, quienes creyeron en el profeta, vieron cumplida la promesa y fueron elevados por dichos haces hasta las ansiadas naves. En pocos minutos, los elegidos fueron rescatados.

Una vez fuera de la atracción de la Tierra, aquellas naves se integraron a su vez en otra aún mayor, de un tamaño no menor a la mitad del volumen de la Luna. Poco después, las decenas de afortunados rescatados fueron transportados a una amplia estancia con gravedad artificial. El profeta, erigido en su líder indiscutible, les instó a esperar en silencio. Al poco, por uno de los múltiples pasillos que accedían a aquella enorme sala, acudió el extraño ser, su salvador, elevado ya a esas alturas a la categoría de un dios, y se llevó consigo al profeta, quizás para decidir el destino de aquellos seres humanos.

El ser gris guió al profeta por un largo pasillo. A cada lado del mismo, amplias puertas transparentes mostraban el interior. El profeta se asomó a la primera y contempló su contenido: unos extraños seres reptilianos y cuadrúpedos se apiñaban en una sala poco acogedora. Al ver al profeta, uno de aquellos seres se abalanzó hacia la puerta, que no pudo traspasar gracias a un campo de fuerza. El ser emitió un grito bañado en desesperación, y comenzó a emitir unos extraños sonidos. El profeta, que comprendió enseguida que aquel ser estaba hablando en un lenguaje ininteligible, se echó hacia atrás, aterrorizado, y miró al ser grisáceo, su salvador y al que consideraba su amigo, preguntándole con la mirada qué significaba todo aquello. El ser, con un gesto de su largo brazo, le instó a continuar su camino. El profeta se asomó a cada puerta, y en cada una de ellas se encontró con escenarios similares: extraños y desconocidos seres, sin duda diferentes razas alienígenas, apiñados como ganado, encerrados en salas de las que no podían huir, desesperados y atemorizados. El profeta lo comprendió todo entonces.

—¿Es eso lo que nos espera? —le preguntó al ser de ojos negros y saltones, consciente de la terrible realidad—. ¿Vivir encerrados, como simples objetos de coleccionista?

Enfadado, se abalanzó sobre el ser, que lo repelió apenas sin inmutarse, lanzándolo a varios metros de distancia. El profeta se incorporó, dolorido y llorando de rabia. Había condenado a casi un millar de humanos, él incluido, a un encierro de por vida. Su salvación había sido un fraude total.

—Al menos —se dijo—, quizás en la Tierra quede algún superviviente. Quizás cuando acabe todo el horror y la destrucción, la humanidad se reponga y vuelva a florecer.

El ser grisáceo entornó su cabeza, mirando al profeta con curiosidad. Éste creyó percibir una sonrisa maliciosa en su rostro sin boca. Entonces, aquel ser señaló un punto a la espalda del profeta, que se giró intrigado. Al final del pasillo podía verse, a modo de ventana, el exterior de la nave. En el espacio infinito flotaba la Tierra, que apenas podía seguir llamándose el planeta azul. El profeta se giró nuevamente para observar al ser que le había engañado, pero éste, con un nuevo gesto, le invitó a mirar por la ventana, y entonces vio cómo la Tierra estallaba en una enorme, vistosa y silenciosa explosión.

LA HISTORIA DEL HOMBRE QUE NECESITABA EL SOL

[Primer puesto en el '3er Concurso de Sant Jordi (sección relato corto) - 2011' de *La Era del Caos*]
[Próximamente publicado en la revista literaria "Entropía" de *Javier Sanz*]

Kady era un hombre feliz en verano. El calor del sol le animaba y reconfortaba, y se pasaba el día haciendo multitud de actividades, siempre con una amplia sonrisa en los labios. En cambio, el invierno le entristecía. Y no sólo se le borraba la sonrisa, sino que, además, Kady se volvía apático. Se quedaba encerrado en casa y apenas se movía de su cama. Enfermaba con facilidad y se quedaba muy, muy débil, hasta que los días volvían a hacerse calurosos, momento en el que recuperaba sus fuerzas.

Kady vivía en una pequeño pueblo donde, lamentablemente, el verano no duraba demasiado y los inviernos eran muy duros, alcanzando unas temperaturas gélidas. Kady era pobre, y no podía permitirse viajar a otras zonas más cálidas del planeta, por lo que estaba resignado a sufrir en los helados días del invierno.

Un día, en otoño, después de un magnífico verano, llegaron al pueblo unos soldados del rey, y se llevaron prisionero a Kady. Al parecer, algunos miembros de su familia habían atentado contra el príncipe, y le detuvieron para comprobar su posible implicación. Kady quiso explicarles que, en realidad, él ni siquiera conocía a esos miembros de su familia, pues era la primera noticia que tenía de ellos, pero los soldados no le

144

escucharon, y se lo llevaron arrestado. Le encerraron en una celda oscura y le dijeron que le enviarían a juicio después del invierno. Kady pensó que todo se aclararía en el juicio y podría ser libre para disfrutar del próximo verano.

Pasó el invierno, y Kady estaba muy debilitado por la falta de sol, pero en su interior brillaba una llama de esperanza, pues en breve tendría el juicio y estaba seguro de que le soltarían, pues él no había hecho nada malo. Mas un día llegó un soldado a su celda y le dijo que el juicio se retrasaba hasta después del verano.

Kady se puso muy triste, y se asustó mucho. Tendría que pasar todo el verano en la celda, adonde no llegaban los rayos del sol. No podría recuperarse, y no tendría fuerzas para soportar el siguiente invierno.

El verano pasó, y Kady apenas se había recuperado. El sol no llegaba hasta su celda, aunque por lo menos no había pasado demasiado frío. Un día llegó un soldado, y Kady pensó que ya le llevaban a juicio. Quizá si le dejaban libre, podría ingeniárselas para pasar el invierno en algún lugar cálido, y así protegerse del temible frío. Pero el soldado había venido a comunicarle que el juicio se volvía a retrasar, hasta después del invierno. Kady lloró y lloró, y le suplicó al soldado que le soltaran, pues de lo contrario moriría. Necesitaba el sol para vivir, y ya llevaba demasiado tiempo a oscuras. El soldado le dijo que él no podía ayudarle, y se marchó cabizbajo.

Pasó de nuevo el invierno, y el rey decidió finalmente soltar a Kady; al fin y al cabo, no había ninguna prueba incriminatoria. Incluso pensó en compensarle, por haberle tenido todo este tiempo preso. El soldado se dirigió a la celda, para transmitirle tan buena noticia, pero al

145

llegar allí se encontró con el cadáver de Kady, rígido y frío, y muy, muy pálido. La falta de sol había acabado con él.

JACK

"Nuestra historia ya está escrita, Netley. Está escrita con sangre que ya hace tiempo que se secó."

Sir William Gull, en FROM HELL

Alan Moore

No era un fantasma quien surgió entre la niebla, sino el mismísimo Jack el Destripador pero, claro, la muchacha no podía saberlo. Ella pensaba que tan sólo era otro posible cliente más. No fue hasta que lo tuvo sobre ella y pudo verle esos ojos desquiciados, cuando se dio cuenta de que su vida corría peligro. La enorme y afilada hoja del cuchillo de carnicero apenas brillaba entre la densa niebla. Más de un siglo después de sus famosos crímenes de Whitechapel, Jack el Destripador volvía a acechar por los callejones más oscuros de Londres. Empuñó con fuerza su arma y degolló a la pobre muchacha, que notó el frío acero penetrando en su cuerpo. Supo en el instante antes de morir que no era un mero imitador, sino el auténtico Jack.

—Te equivocas –le susurró el asesino a la moribunda–. Tan sólo soy la esencia de Londres.

UNO MÁS, Y LO DEJO

"Uno más, y lo dejo", dijo el asesino en serie.

EL PASEO

Una bonita mañana de primavera. El sol me saluda con ánimo, mientras la suave brisa marina me evoca paraísos desconocidos. Me encanta pasear por la playa cuando aún no han llegado esos días de aglomeraciones de bañistas. Me relaja, me calma.

No hace tanto que el día ha despertado, pero no estoy solo en mi paseo sobre la arena. Observo a una mujer amamantando a su bebé, sentada sobre una toalla. Me fijo en el bebé: frágil, indefenso, inocente. El comienzo de la vida. Aún sin sueños sobre el futuro, pero sin responsabilidades ni preocupaciones. El reflejo mismo de la pura felicidad. Me quedo embobado mirándole y la madre levanta la vista hacia mí. Desvío la mirada y continúo mi paseo.

No a lo lejos, un trío de niños corretea, intentando atraparse unos a otros. Alegría, risas, despreocupación... ¿Quién no desearía ser un niño eternamente? O tal vez un adolescente, como aquella pareja de jovenzuelos que se acurruca allí, medio escondidos entre las rocas, buscando una pizca de intimidad para sus arrumacos. Siempre es buen momento, y buen lugar, para dar rienda suelta al amor.

Sigo andando, descalzo, sintiendo las conchas olvidadas bajo mis pies. Me giro un momento y me fijo en mis huellas, efímeras, que desaparecerán sin que nadie se percate de ellas.

Cerca de la orilla, tanto que ya tienen los tobillos empapados, pasea otra pareja. Él, de unos treinta y pico, más bien delgado, mirada firme y serena; me lo imagino vestido con un traje caro y colgado todo el día del móvil, hablando de negocios. Ella, rubia de bote, cuerpo de locura, seguramente parece más joven de lo que realmente es; me la imagino... En fin, ambos caminan pausadamente, cogidos de la mano, charlando tranquilamente mientras se echan miradas dulces. Un poco más adelante hay otra pareja, unos cuarentones. Pero estos no pasean felices sino que más bien discuten acaloradamente. Gritos y gestos hoscos se suceden uno tras otro, en uno y otro sentido, y yo me voy alejando poquito a poco.

Y, de repente, mientras prosigo mi paseo, me envuelve un leve halo de tristeza y melancolía. Una gaviota me acompaña durante un breve instante, pero decide que no le intereso y emprende el vuelo, ágil, a lo largo de la costa. La sigo con los ojos unos segundos y, finalmente, se me pierde la vista en el mar. En sus tranquilas aguas hay una pequeña barca de madera, guiada por un, tal vez, intrépido lobo de mar. En el fondo sé que, aunque no le conozco, se trata de un hombre que acaba de jubilarse recientemente, quizás hace tan sólo unos meses, y ahora se dedica a sacarse brillo a la calva y a pescar en sus ratos libres. Su cara me dice que la pesca es escasa y los ratos libres demasiado largos.

Las tenues olas rompen ante mí, y me incitan a ir hacia el acantilado. Aquí el sonido del mar es más fuerte y te hace empequeñecer. Me quedo inmóvil un buen rato. Los minutos pasan y no me importa, no tengo prisa, y aquí estoy relajado. Poco a poco voy regresando y me doy cuenta de que un hombre me está observando. Es un anciano, con arrugas más viejas que el mar, demacrado y de mirada triste, perdida. Se sujeta a duras penas sobre un bastón, aguantando la letanía de la vida, y deseando morir antes de que lo hagan sus hijos.

Por aquí cerca, en el acantilado, hay una cueva que se descubre con la marea baja, así que ahora estará empezando a inundarse. No tiene difícil acceso, así que decido acercarme; tal vez el mar me muestre algunos de sus tesoros.

Unos pequeños cangrejos corretean por los alrededores de la cueva. Me acerco a ellos y miro al interior de la cavidad. Entre las penumbras veo algo inusual. Un bulto de considerable tamaño. Me acerco, andando con cierta dificultad sobre las rocas, y descubro un cadáver en avanzado estado de descomposición. Cada ola que llega lo mece suavemente, pero amenazando con llevárselo a sus dominios. Es el cadáver de un hombre, aunque no logro verle la cara. Me sorprende un poco el hecho de no estar asustado, aunque tardo en reaccionar y, finalmente, una ola un poco más fuerte que las anteriores lo voltea y lo saca de la cueva. El cadáver se gira ante mí y sus ojos vidriosos me miran con intensidad. Son mis ojos. Y entonces me doy cuenta de que mi paseo ha llegado a su fin.